落第賢者の学院無双
～二度転生した最強賢者、400年後の世界を魔剣で無双～
6

マーリン
魔族屈指の魔術師にして、名門魔法学院の学長。400年前のエフタルの愛弟子で、今もエフタルのことを想っている。船酔いも師匠譲り。

落第賢者の学院無双6

～二度転生した最強賢者、400年後の世界を魔剣で無双～

白石 新

角川スニーカー文庫

22658

口絵・本文イラスト：魚デニム

口絵・本文デザイン：阿閉高尚（ａｔｄ）

Contents

プロローグ

一面の焼け野原――。
互いに黒焦げとなり、満身創痍《まんしんそうい》。
地面に突っ伏し寝そべる僕に向け、向日葵《ひまわり》のような笑顔でサーシャは笑った。
「カッカッカ、まだまだじゃのう青二才が」
僕とサーシャは互いにダメージも甚大。
秘技の応酬の後だというのに、サーシャは一点の曇りもないこの笑顔だ。
つくづく化け物だな……。
と、敗者である僕は苦笑を浮かべた。
「古今東西御伽草子《オトギ・ファンタジア》抜きでもコレですか」
この場にいるのは僕とサーシャ。
そして少し離れたところに、マーリンだ。
ちなみにマーリンは僕が敗れたのが悔しかったらしく、苦虫を嚙《か》みつぶしたような表情をしている。

「……やっぱり化け物ですね貴方《あなた》は」

と、そんな中、僕の言葉に――心外だとばかりにサーシャは肩をすくめた。

「いや、途中で魔力の乱れが起きなければ……お主のほうがよほど化け物じゃったぞ？」

「貴方にだけは化け物だとは言われたくありませんがね」

「事実、我は当初圧倒されておったしな。所詮はお主がグダグダになった瞬間に付け込んだに過ぎん」

「……問題はそこですよね」

と、まあ、そんな感じで。僕とサーシャは魔術比べ……いや、一戦を終えたばかりというのが現状だ。

目論見《もくろみ》としては、僕も魔法適性治療後の自身の力を試したいのもあった。

それに、サーシャも本来の僕の全力を見たかったってことかな。

で、お互いに武の頂を目指す者同士、思い立ったら吉日ってところだね。

結果としては、先述の通りに僕が地面に叩《たた》き伏せられた。

そして、サーシャがニカリと笑いを浮かべているわけだ。

「うむ。魔法適性の縛りが消えたお主はまさに雷神という言葉がふさわしい。単独でのレベル11：四皇《シコウ》の行使は見事じゃった」

「僕としては、師匠が召喚系以外でレベル11を使えたことに驚きですがね？　まさかそんなことができるなんて僕は知りませんでしたよ」

「切り札は隠すものじゃ」

事実、開幕当初に僕は最初にレベル11の四皇《シコウ》を出したんだよ。

それをレベル11の真・不死皇《サーシャ》とかいう、とってつけたような技で返されちゃったんだよね。

ぶっちゃけ……その光景は寝耳に水だった。

実際、その驚天動地の秘術を目の当たりにして、涙が出そうになったしね。

でも、高レベル域での術式構築は僕のほうが速い。

なので、サーシャの言うとおりにこちらが優勢だった。

――ただし、やはりサーシャの言うように優勢だったのは序盤に限った話だ。

「とはいえ、レベル9以上の術式構築が鬼神のようにみえたのは……概《おおむ》ね……五分程度じゃったな」

「――で、師匠？　ぶっちゃけ、どうして途中で僕の魔法適性が元の適性ゼロの状態に戻ったんだと思います？」

「ふーむ……」

と、サーシャはしばし何かを考え、うんと頷《うなず》きこう言った。

「魔術的ヘイフリック限界じゃな」

「えらく古典的な魔術理論を引っ張り出してきましたね」

「まあ、我は古典魔術の権化のような存在なわけじゃし」

「……えーっと……法輪《ほうりん》の書でしたっけ？　古代魔法文明の遺跡から出てきた論文の断片に載ってる話ですよね？」

「うむ。人間の老化現象はどうして起こるか……その理屈は知っておるな？」

「人間の細胞分裂には回数の限りがあって、遺伝子の中のテロメアが短くなるのが理由でしたか」

「左様。染色体の『テロメアの短縮』という現象じゃな。細胞分裂においてＤＮＡが複製されるたびに、染色体の末端部分であるテロメアの繰り返し配列が端から五十～百塩基ずつ短くなっていくわけじゃ」

「テロメアというのは蠟燭《ろうそく》のようなものであり、燃え尽きると共に老化が進む。師匠や……炎神皇《クリフ》も恐らくはそうであったように不死や不老の実現のためにまず直面する基礎理論でもありますね」

「我やあの小童《こわっぱ》は屍霊術《しれいじゅつ》じゃから少し違うが、まあ理屈の土台については概ねそんな感じじゃ」

「で、どういうことですか？」

「脳内魔法回路も可逆的ではあるにしろ、限られた時間内で酷使をするとテロメア的に……つまりは蠟燭のように限界に達する」

「……ふむ」

「脳内魔法回路とは、つまりは魔法適性を媒体として細胞分裂のように魔力を増殖させて精錬する回路じゃ。まあ、通常はその限界を迎える前に自前の魔力が尽きるのじゃがな。故に問題は表面化せんのじゃが、お主の場合はそうではない。魔法適性とお主の魔力、そして技術に……ぶっちゃけ、脳みそが追い付いておらん」

「火力が強すぎるが故に、蠟燭がすぐに尽きると？」

「そうじゃな。ものすごくわかりやすい言い方をすれば……つまりはスタミナ切れじゃ。元々のお主の脳みそは……魔法適性がゼロの状態に最適化されたものじゃし、当たり前といえば当たり前のことなのじゃが」

　つまり――と、サーシャは肩をすくめた。

「結果として、お主の魔法回路は限界を迎え魔力の増殖ができなくなり、魔法適性はゼロに戻る……。と、そんなところか。さしずめ、今のお主は時間限定の人類最強というところかの」

「なるほど……刹那限りの超人ですか」

「最強への道は一朝一夕にしてならずというところじゃな。我としてもそんな簡単に弟子に抜かされてもコケンにかかわるしの」

「カッカ」と笑うサーシャは本当に嬉《うれ》しそうだった。

そんな姿を見て、この人も本当に負けず嫌いだな……と、やはり僕は笑ってしまった。

まあ、笑いと言っても苦笑いのほうだけど。

「で、師匠？　どうすれば良いんですか？」

「時間をかけて、お主の頭の中を、魔法適性のある今の状態に慣らす……と、それが一番確実じゃの」

「とはいえ、ブリジットのこともあるし……少なくとも、僕はそんな悠長なことを言っている場合でもないんですがね」

「まあ、そうじゃろうな……。ほかにも炎神皇のような輩《やから》がいる可能性もあるわけじゃし、我もお主には自己強化してもらわねば困ると言えば困る。ここは師匠としてのコケンなどと言っておる場合ではないの」

と、サーシャは珍しく真剣な表情で何やら考え込み始めてしまった。

実際問題、前回の戦いはサーシャにしては珍しく苦戦中の苦戦だったろうからね。

むしろ、苦戦どころか普通には勝てなかっただろう。

そこを……無理やりどうにかこうにかしたというほうが正しいか。

あんな経験はサーシャの長い人生でも、滅多《めった》にないことだったろう。

そう考えれば、この真剣な表情は頷ける。

「えーっとじゃな……魔神の魂魄《こんぱく》と呼ばれるアーティファクトがいくつかあるわけじゃ」

「魔神の魂魄？」

「件《くだん》の法輪の書には一般的に知られていない断片がいくつもあっての。不老不死への応用もできるということで秘蔵しておる者が何人もおる」

「……なるほど」

「もちろん、我もその一人じゃが、そこに魔術的ヘイフリック限界についての考察と対処法の記述があるのじゃ」

「それが魔神の魂魄である……と？」

「そういうことじゃな。かつて十賢人が作り出した古代魔法文明。その時代に造られた究極の精神生命体――魔神。お主もおとぎ話で聞いたことがあるじゃろ？」

「大地を切り裂き、海を呑《の》むとかいうアレですか？」

「暴走し、古代魔法文明すらも崩壊させかけた禁断の力じゃ。四肢と胴体と頭はそれぞれ分割封印され行方《ゆくえ》も分からぬ。そして魂魄は純粋な魔術的エネルギーの結晶として無数に分けられ世界各地に散らばった……と、そう書かれてあったな」

「で、それが一体どうしたんですか？」

「その魂魄を頭の中に取り入れ、魔術媒体とさせることで魔術的ヘイフリック限界を超えて……つまりはスタミナ切れを防ぐことができる。詳しい理屈と方法は法輪の書の断片の写しをお主にやるから後は自分で何とかせい」

「……しかし師匠？　魔神の魂魄なんて、僕ですら初耳のシロモノですよ？　どうやってそんなものを見つけるんです？」

「魔術エネルギーの結晶として、そうとは知らずに市場で取引されておることもあるぞ。あるいは古代遺跡に眠っておる」

「それじゃあ古代文明の遺跡を探索する、あるいは魔道具関係のオークションなりで手に入れろと？」

「とはいえ、市場にはほとんど出回っておらんし、古代文明の遺跡を探索するとして……あの手の遺跡はあらかた掘りつくされておるしの。見つけるならば、未踏破領域に点在する遺跡に挑まねばならんじゃろ」

　未踏破領域……と、僕はゴクリと唾を呑んだ。

「未踏破領域っていうと、人類の生息地域の外の世界のことですよね？」

「うむ。そのままの意味で現在の人類の到達しておらん海を越えた大陸などのことじゃな。あるいは冥府《めいふ》なり天界なりの精神世界……かの」

「船を使って行くにしても往復一年とかの距離ですよね？　精神世界にしても肉体を保ったままとなると……準備に多大な時間がかかりますよ？」

「それ以前に、海の向こう側にしろ、精神世界にしろ……どちらにしてもまともな状態のまま帰ってきた者を我は知らんがな。純粋に現地で死亡するか、帰ってきたにしても重篤な精神汚染……その上で四肢欠損レベルの大怪我《おおけが》でまともな話も聞けん状態じゃ」

「師匠の知り合いってことは、それなりの術者ですよね？」

「ほとんどはお主よりは未熟じゃ。しかし、魔法適性ゼロの状態のお主程度の奴《やつ》なら幾人かはいた」

　そうして、神妙な顔つきでサーシャは言葉を続けた。

「その上で再度言う。何と出会ったのかは知らんが、脳が魔法でいじくられた上で体も破壊され、再起不能状態で生ける屍《しかばね》として帰ってきた者しか我は知らんのじゃ」

「……つまりは現実的に今の僕では無理だと？」

「少なくとも、魔法適性のハンデがある状態ではそうじゃろうな」

　八方ふさがりか……。

　と、僕はため息をついた。

　まあ、そもそもからして僕にはブリジットの捜索というやるべきこともある。

　なので、今は僕は古代文明の遺跡を巡って……エフタル探検隊なんかみたいなことをやってる場合じゃないってのはあるんだけどね。

　と、そこで僕は今まで黙って話を聞いていたマーリンに言葉を投げかけた。

「マーリン？」

「はい、何でしょうか」

「お願いしていたブリジットのことなんだけど……どうなっているかな？」

「炎神皇の足取りを追って、色々と調べているのですが……難航しています」

「難航？」

「先ほどお話にあった未踏破領域に炎神皇が足を踏み入れたところで、足取りが追えなくなってしまい……」

「なるほど……ね」

「炎神皇があそこまでの力をつけたのも、ソロモンの扉だけでは説明がつかないところも多々あります。恐らく……そこで何かがあったのでしょう」

　こっちも八方ふさがりか……。

　と、僕がうなだれようとしたところで、パンとサーシャが掌《てのひら》を叩《たた》いた。

　そうしてサーシャは意地悪く笑ってこう言ったんだ。

「ああ、そうそう。魔神の魂魄じゃがな、簡単に手に入る方法が一つあるぞ」

「と、おっしゃると？」

「要はアレは特殊で莫大《ばくだい》な魔力エネルギーの結晶じゃからな」

「……？」

「お主らは今から魔法学院の世界大会に向かうんじゃろ？　景品がソレじゃよ。超高級錬金素材かなにかと銘打たれておるがな」

「……え？」

「無論、大会本部としては、その元々の出自や、特殊な使い方については知りもせんじゃろう」

「っていうか、どうして師匠がそれを知っているんですか？」

「いや、普通に我って魔術学会の超重鎮じゃぞ？　学生の大会は年に一度の魔術学会の会合の余興でもあるし、ついさっき伝書鳩《でんしょばと》でな――招待状と共に詳細が来たのじゃ。無論、大会の景品の目録も記されておったわ」

　言われてみれば、そりゃそうか。

　あまりにも身近なのと、特殊性癖のせいで……僕はこの人のことをアレな感じで見ている。

　けど、当時も今もこの人は最強クラスの魔術師だしね。

「しかし……そういうことなら少し不安ですね」

　僕の言葉で、マーリンが小首を傾《かし》げる。

「不安とおっしゃいますと？　どうなされたのですかエフタル様？」

「仕組まれすぎてやしないか……と思ってね」

「仕組まれすぎている？」

「僕が向かうところにピンポイントでソレがあるわけだろう？　しかも炎神皇《クリフ》とのいざこざの直後に……さ」

「確かに……そうですね」

マーリンが頷《うなず》くと同時に、サーシャは挑戦的な視線を僕に向けてきた。

「ああ、無論……偶然とは我も思うてはおらん。で、どうする？　臆して逃げるか小童よ？」

そして、サーシャの言葉をマーリンは一笑に付し、僕の顔を凛《りん》とした表情で見据えてきた。

「何が仕組まれていようが、障害は叩き伏せる。それがエフタル様です。そうですよね……エフタル様？」

で、そう言われてしまうと、こちらもこう返すしかないわけだ。

「ああ、そうだなマーリン。それが俺《エフタル》流だ」

と、まあそんなこんなで――。

僕たちは魔法学院対抗世界大会に出場することになっているわけだ。

実は世界大会は毎年異なる場所で行うと決められている。

それで、今年についてはとある辺境の島で行われることになっている。

と、いうのも世界大会は魔術学会総会の余興なんだ。

なので、会場には各国に散らばる魔術学会の重鎮を年に一回集める必要がある。

ちなみに総会では主に論文や功績に対する勲章授与関係、それに重大な魔術学会の方針に関する議題が論じられることになる。

と、そんな感じで世界中から定期的に人が来る関係上、毎年場所を変えるのが一番都合が良いんだ。

なんせ、出不精も含めて奇人変人が集まる魔術学会のことだ。

毎年同じ場所でやっていると一部から猛烈な抗議が出るからね。

それで、学生としても世界大会そのもので好成績を収めるのにもメリットがあるわけだよね。

例えば、優勝でもしようものなら学会長からの、お褒めと激励の言葉が受けられることになっているんだからね。

無論、その場合はその後の人生が約束されるような名誉ある経歴ともなるわけで。

まあ、そんな感じで才能と未来ある学生への良い刺激にもなるだろう――といった理由で余興として魔法学院対抗世界大会が行われるんだ。

そして、それは僕がいた時代からの伝統となっている。

学会としては、単純に若い才能に、早いうちから学会内の色んな派閥が唾をつけるのに都合が良いって噂《うわさ》もあるんだけどね。

と、それはさておき、四百年前の僕は遅咲きタイプだったし、色々とほかに用事もあった。

なので、学生の頃は世界大会なんかには出場できなかったわけなんだけど――それはさておき。

「船旅……か。これは参ったな」

魔術学会総会関係者のために用意された、豪華客船のうちの一つそのデッキ上。

僕はフラフラになりながら、椅子に腰かけて三百六十度の水平線をただただ眺めていた。

「しかしご主人様が船に弱いなんて意外なんです……」

心配そうに僕の様子をうかがっているアナスタシアから水を受け取り、僕は「ありがとう」と小さく頷いた。

「しかしエフタル。師弟揃《そろ》って船に弱いだなんて……ちょっと笑えちゃうよね」

マリアの談のとおり、現在……マーリンは船室でグロッキー状態で寝込んでいる状況だ。

それで、僕も必死に吐き気を抑えているという醜態を晒《さら》してしまっている。

「……最強の二人が船酔いで弱っている。これは珍しいものが見れた」

クスクスと笑いながらシェリルが何やら感慨深げに頷いている。

相変わらずの眠たそうな眼。

で、笑ってはいるがほぼ無表情なのは変わらずだ。

やはりこの子は見た目からは……何を考えているか捉えどころが無いのは変わらないね。

「お主は昔からそうじゃったのう……三半規管が弱いのか、あるいは過敏なのかは知らんが」

うんざりしながらサーシャがそう言った。

が、事実として昔から弱いのだから仕方がない。

「こればっかりはどうにも……うっぷ」

胃からこみあげてきたものに必死に耐える。

そして、一段落ついたところで水を流し込んだ。

「ところで、世界大会には当然エフタルも参加するんだよね？」

「ああ、魔法学院の代表としてこの場にいるわけだしね」

「そのことなんだけど……今回は私たちメインでやらせてほしいのよ」

「と、いうと？」

「学生のレベルでアンタが出しゃばるのは反則って感じもするし、それに――」

「それに？」

と、そこでマリアとアナスタシアとシェリルの三人は顔を見合わせて小さく頷いた。

「私たちもいつまでもアンタにおんぶにだっこでいたくないしね。まずは自分でできそうなことは、自分でやろうって思って」

「……その心は？」

「保護者なしでの実戦経験を積みたいのよ。私たちだって……魔術師よ。武の頂を目指す志は持ってる。いや、私たちはアンタみたいになりたいって思ってんのよ」

マリアの力強い眼差《まなざ》しに、少しばかりの感慨が胸を通り過ぎていく。

これを弟子の成長というのは言いすぎかもしれない。

けれど、僕としては「武の頂を目指す志」という言葉で、やっぱり驚きと共に嬉《うれ》しさを感じてしまった。

それは、僕やサーシャがかつて……そして今も持っている心を揺さぶる情動だ。

そして、全ての力の源泉でもある。

かつての僕がサーシャの力に憧れて、その背中を追いかけて――。

それは決して届きそうにない背中で、絶望的な力の差だった。

今現在の彼女たちが感じているものと、当時の僕が感じていたものは同じモノだろう。

けれど、届かないと諦めるのではなく、必死に手を伸ばして追いかける。

自ら高みに上るために、世界大会という障害を、僕を使わずに極力自分たちだけの力で乗り越えようと思ってくれている。

そういう風な心境になってくれたことが嬉しい。

特にマリアからすれば、エルフの里のみんなを見返すという目標だけを考えるのならば……。

僕を使って優勝してしまえば、それが一番楽なのは間違いないんだからね。

「まあ、確かに今の君たちなら……学生レベルだと本当に世界最強かもしれないしね。ただし――」

事実として、レベル5くらいまでならこの子たちは実戦レベルで運用できるしね。

炎神皇《クリフ》との決戦の前に、時を歪《ゆが》めた場所で修練を積んでいるのも大きいだろう。

それに……何よりも日々の努力を僕は知っている。

「ただしって……私たちが世界大会でも通用すると思ってんなら、猶更《なおさら》のこと今回はアンタには手助けしてほしくないんだけど？」

「いや、どうしても今回は優勝しなければいけない理由があるんだ」

「えーっと……あの……魔法適性のスタミナ切れってやつ？」

「ブリジットの足跡をたどる上で未踏破領域や古代文明の遺跡なんかは避けて通れないだろうしね」

「……」

「それに、あるいは……ブリジットを救うための方法にしても、あの時の炎神皇《クリフ》の力では物理的に解決法を手に入れられなかっただけかもしれない」

「……」

「それに何より……僕はただの強くなりたいだけのバカだからね。そこに強化方法があるなら僕は手を伸ばさないといけないんだ」

「……最後のは良いとして、ブリジットさんっていうのはエフタルにとってそんなに大事なの？」

「え？」

見るとマリアは悔し気に瞳に涙を溜《た》めていた。

そして、それはアナスタシアも同じだった。

で、シェリルについては無表情なままで頬《ほお》を膨らませている。

「えーっと……」

っていうか、見る見るうちに三人に……不穏な空気が見て取れる状態になった。

分かりやすく漫画で言うと、背後に黒いオーラが見えるような感じになっているね。

それになんだか、怒りの感情がどんどん高まっているような……。

と、面倒《めんど》そうなことになりかねなかったので、僕は慌てて話題を変えてみた。

「それに、世界大会の表彰式には剣神皇も現れるはずだ」

「剣神皇？」

「そこで、僕は剣神皇に教えてくれるように頼み込む予定ってのもあるんだよ」

「頼み込むって……何を？」

「剣技……いや、正確には近接戦闘の奥義である身体能力強化だよ」

「身体能力強化？」

「ああ、そっちの分野であれば僕たち魔術屋よりも、剣術屋に一日の長がある。何しろ、向こうは近接の専門家だからね」

「剣術じゃなくて、身体能力強化を教えてもらうの？」

「そりゃあ学べるものなら剣術も学びたいし、そこも簡単には教えてもらうつもりではあるけれど――」

と、僕は肩をすくめて言葉を続けた。

「けれど足運びや体捌《たいさば》き、あるいは剣技そのものは一朝一夕には身につかないよね？」

「うん、そりゃあ確かにそうね」

「でも、身体能力強化……つまりは魔力運用なら話は別だ」

言葉を受け、マリアはポンと掌《てのひら》を叩《たた》いた。

「確かに剣術使いは独特の身体能力強化をしていて、身体能力強化は全ての基礎にして門外不出の奥義と呼ばれているわね」

「そう。それで魔力運用については僕は玄人のつもりだから……理屈さえ学べばすぐにでも僕自身の戦い方に組み入れることはできると思っている」

「玄人のつもりって……いや、世界中、どこを探したってアンタ以上の人間なんていないからね？」

呆《あき》れながらそう笑うマリアだったが、僕は首を大きく左右に振った。

「いないとは断言できないだろう。現に炎神皇《クリフ》やあるいは僕の師匠のような人間もいるわけだし」

と、そこで僕たちの背後から女性の声が聞こえてきた。

「小鳥たちがピーチクとさえずっていますね」

見ると、そこには貴族のような服と白のローブに身を包んだ五人がいたんだ。

「貴女《あなた》たちは？」

年齢構成は三十代前半の女性が一人。

あとは僕たちと同じ十代半ばの四人。

よくよく見ると、どうやら十代の四人はどこかの魔法学院の制服と言った感じだね。


「私は伝統と格式あるリューシラ魔法学院の学長でね。貴方たちはマーリンさんのところのアルテナ魔法学院の生徒のように見えるのだけれど」

リューシラ魔法学院と言えば名門だね。

四百年前の時代のずっと前からある学校だ。

僕でなくてもその名前を知っている人間は多いだろう。

「そうですが……。と、なると貴女がたも世界大会に？」

「ええ、そのとおりよ。ところでマーリンさんは？」

「今は船酔いで船室に引きこもっていますよ」

と、僕の言葉を受けて三十代の女性――リューシラ魔法学院の学長は一瞬だけ呆《ほう》けた表情を作った。

そうしてそのまま口元を歪ませて、彼女は腹を抱えだした。

「はは、ははっ！　あははははっ！　マーリンさん……戦場の鬼――瞬連《しゅんれん》のマーリンが船酔いですって!?」

何がおかしいのか分からない。

けれど、学長は腹を抱えるどころか瞳に涙までを溜めて、それはもう笑いに笑った。

いますぐにでもその場で笑い転げだしそうなノリで、それを見た僕たち一同は呆気《あっけ》にとられる。

「ふふ、いやあ……しかし、貴方たちも災難ね」

「災難？」

「マーリンさんみたいなバトルマニアが率いる学院なんて……たかがしれるとはこのことよ」

学長は豊満な胸を張る。

そのまま、僕たちに嘲りの視線を向けてきた。

「学長の悪口みたいになっちゃってるけど、悪く思わないでね……事実なので」

「ふむ。どういうことなのでしょうか？」

「自分の修練にしか興味のない、魔術学会にもまともに顔を出さない戦闘馬鹿が、片手間に学長をやってもまともに教育なんてできるわけがない……つまりはそういうことよ」

そういえばマーリンは、基本的には学長の職には不満があったんだっけか。

誰かに押し付けられただけの名誉職……っていうので、無駄な用事が増えるだけっていつもボヤいてるからな。

「しかし、魔術学会は何を考えているのかしら。戦闘魔術師としては優秀でも、後進の指導――つまりは教育者として適切ではないと私は散々言っていたのですがね」

確かにそういう側面はあるかもしれない……と僕は思う。

マーリンは直情型で短気な上に、感覚で何でもやっちゃう天才肌だ。

なので、人に何かを教えるには絶望的に向いてないと思う。

とはいえ、本人は教育者として向いている向いていないについては気にしてないだろうけど。

「まあ、アレの師である初代四皇の学派自体が廃れてしまっている時点で、広く教育を行うという意味では出自からして程度が知れます」

それから「つまり――」と、彼女は断言した。

「――最初からマーリンさんは向いていないのですよ」

そこについては……僕も自覚はあるよね。

何しろあの時代でも僕の学派は、連打性能特化というキワモノだったんだから。

それに今の時代は高レベル枠を使うこと自体が難しい。

そもそも、レベル６～９の高レベルの連打という芸当自体ができなくなってしまっているわけだね。

それに、僕の戦闘方法は低レベル枠の連打なんてものは想定もしていないし。

なので……結果として現在の魔法を取り巻く状況では、廃れてしまうのも無理はないだろう。

「と、そういうことで……魔法学院対抗世界大会では私たちに当たる前に、前回の大会みたいにせいぜい無様な醜態を見せないようにね。教育者としてのマーリンさんには、一度私の学生たちが直々に引導を渡す必要があると思っているので」

要するに……ケンカを吹っかけてきただけみたいだね。

だったら、こっちは相手にしないほうが得策か。

でも、前回みたいってどういうことなんだろうか。

あ、そういえば……前回はベスト8進出くらいで終わったんだったっけ。

と、そんなことを考えていると、デッキの前方から悲鳴が上がった。

「キャアアアアア！」

何事だとばかりに僕たちはリューシラ魔法学院の面々と一緒にデッキ前方に駆けつける。

すると、はたしてそこには――

「半魚人の群れだ！」

誰の怒鳴り声かは分からない。

けれど、確かに海からよじ登ったと思われる半魚人の姿がデッキ上に数体見えた。

半魚人の見た目は、身長的には人間と同じくらいのサイズで、見た目はまさに半魚人という感じ。

体表がヌメヌメとしていて、ギョロリと光る眼玉《めだま》が生理的嫌悪感を湧き立たせる。

海を見ると、その総数は数十の単位となっている。

そして、今まさにどんどん這《は》い上がってくる最中で、すぐにデッキ上が半魚人に占拠されることは想像に難くない状況だった。

「ど、どういうことなんですご主人様⁉　何なんです⁉　アレは一体何なんです⁉」

「亜人……いや、ほとんど魔物に近いかな？　半魚人は海のギャングと言われていてね、金銀財宝を狙って船を襲うわけだ」

「襲われてるのはわかってるんです！　どうすればいいんです⁉」

さて、本当にどうしようか。

この船にも外敵への迎撃の用意は一応あるみたいだ。

けれど、装備は捕鯨で使うような発射型の銛《モリ》くらいで、こちらは大型の海魔獣用だろう。

そういえば、対海賊系の警備兵なんかの姿も見かけないし……その装備も見当たらない。

と、その時、デッキ上をこちらに向けて二人の男女が走ってきた。

「何があったアナスタシア！」

「マーリン様！　えーっと……横の男の人は？」

「この船の船長だ。船室から出る時に一緒になってな……それで何が起きている？」

「半魚人に襲われているんですよ！」

「なるほど……。では、時に船長よ、この船としてはどのように迎撃するつもりだ？」

マーリンの問いかけに、船長はニコリと笑ってこう言った。

「今回のお客様は魔術師さんの集まりなんでしょう？　学生さんは別として、引率は凄腕《すごうで》ばかりというじゃありませんか」

「つまり？」

「最近はクラーケンの目撃情報があるので大型の海魔獣用には武装は一応積んでいます。が、海賊や半魚人相手なら自前でやれというのが大会本部からの通達です。しかし、まさか本当にこんなことが起きるとは思っていませんでしたが」

その回答を受け、マーリンは満足そうに頷《うなず》いた。

「つまり、好きにして良いということだな？」

「はい、おっしゃるとおりです」

「アナスタシア！　マリア！　シェリル！　お前たちの練習相手にはちょうど良い――我々は手を出さんから迎撃を開始しろ！」

マーリンの号令を受けたところで、マリアは何とも言えない表情を作る。

「しかし、マーリン様はさっきまで船酔いで倒れていたんじゃないの？」

「ここが戦場とあれば体調不良などと言い訳はできん。いついかなる時も……そこが戦場であれば私はベストコンディションだ」

「で、エフタルの体調は？」

「まあ、ここが戦場であればそんな言い訳はできないよね。無論、僕も船酔いは吹っ飛んでいる」

その言葉を聞いて、マリアは呆れたように肩をすくめた。

「……ホント……こういうところまでそっくりなんだね、この師弟は」

と、そんなこんなで僕の苦笑いと共に半魚人の掃討戦が始まったのだった。

☆★☆★☆★

「レベル４：炎爆《ファイアーボム》！」

「レベル４：氷斬撃《アイスエッジ》！」

先行して対処を始めたリューシラ魔法学院の生徒たちの魔法攻撃がデッキ上の半魚人を薙《な》ぎ払っていく。

今のところこちら側の被害はなく、見る限り向こうの学長は余裕の表情だ。

どうやらこちらと同じく向こうの学長も手を出すつもりはないらしい。

「お、さすがにそこそこできる子たちだね」

「ええ、エフタル様。さすがに世界大会レベルですからね。各地から天才や神童が集まっているのは当然のことです」

ここまでの状況を見るだけなら楽勝モードってところなんだけど、とはいえ、相手はワラワラとデッキ上に上ってきている状態だ。

そして、すぐにリューシラ魔法学院の生徒たちでは、そのすべてを対処できなくなった。

ま、それについては、船を傷つけないために範囲攻撃系の魔法が使えないってのはあるんだけどね。

「が——あれじゃあ手数が足りないね」

僕がそう言うと同時、魔法攻撃の網をかいくぐるように、数体の半魚人が生徒たちに襲い掛かった。

「くそう！　次から次にっ！」

「学生はそこまでよ、あとは私が対処するわ」

入れ替わるように向こうの学長が前に出て、魔法攻撃で半魚人を掃討する。

そうして、そのままの勢いでデッキ上の半魚人を向こうの学長が全滅させて、状況は一旦落ち着くことになったんだけど——

「マーリンさん、今の私の学生の魔法をちゃんと見た？　この年でレベル4を扱えるのよ？」

その言葉を受けたマーリンは何とも言えない表情を作る。

そうして、リューシラ魔法学院の生徒たちに声をかけた。

「どうやら君たちのところでは魔法のやり方は教えても、ケンカのやり方までは教えてもらっていないようだな」

「ちょっとマーリンさん？　私を無視？　それとも私を忘れたの？」

「顔は覚えているぞ？　確か頭でっかちの理論ばかりで、戦闘に出たこともない女だったと記憶している」

「頭でっかちですって!?」

「それと……申し訳ないが、名前については失念した」

「名前を忘れるって……本当に気に食わない女！　それにケンカのやり方ってどういうこと!?」

「——おい、お前たち！　今回の半魚人は程度が低くて練習にはならん！　近接だけで無力化しろ！」

マーリンの指示を受け、アナスタシアたちは小さく頷いた。

そうして三人は次から次に這い上がってくる、半魚人の第二陣に向けて歩を進めていく。

魔法剣士のアナスタシアは剣。

エルフのマリアは手になじんだナイフで。

それで、純粋な魔術師であるシェリルは二人と自身に物理障壁をかけることによるサポートって感じだね。

そうして、三人は群れに突っ込んだ。

そしてそのまま、俊敏な動きで次から次に半魚人たちを切り伏せていく。

「なんて……手練《てだ》れなの……」

「つまりはこういうことだ。私の学院では最低限、乱戦に持ち込まれた場合の対処方法も教えている」

「しかし、魔法使いが近接で……ここまでの……」

と、向こうの学長が呆気《あっけ》に取られて大口を開いた。

まあ、アナスタシアとかマリアは元々からしてその素養があるからちょっと違うんだけど……。

いや、僕が近接の技術を教えてるってのは本当だから、嘘《うそ》ではないか。

ウチの魔法学院が近接戦闘にも力を入れてるのも本当だしね。

と、そんなことを考えていると、半魚人たちの動きが見る間に鈍り始めた。

ちなみに動きが鈍った半魚人たちについては、別に剣やナイフで切り付けたというわけでもない。

と、いうのも——

「麻痺《まひ》薬を風に乗せて振りまいてみたんです♪　ヌメヌメしているから吸収も早いかなーって思いまして」

アナスタシアの底抜けの笑顔と共に、そこかしこから「ウギャアアア！」と、半魚人たちの悲鳴が響き始めた。

「こっちのトラップも発動ね。エルフ特製の薔薇《ばら》のトゲのトラバサミってところかな？」

マリアの言葉どおり、半魚人たちはマリアの魔道具——つまりは薔薇呪縛《ローズ・バインド》によって雁字《がんじ》搦《がら》めに下半身を搦めとられている。

と、まあ、二人の搦め手によって、デッキ上の半魚人は全てが行動不能となったわけだね。

ってことで——あとは彼らをボコボコにして終わりってところだろう。

で、そんな二人を見てマーリンは苦笑しながらこう言ったんだ。

「まあ、ここまでのケンカのやり方はアルテナ魔法学院では教えていないがね」

「そんな……そんなのズルいじゃないの！　こんなの尋常な勝負じゃないわよ！」

「戦場で後ろから撃たれたと大騒ぎする馬鹿がどこにいる？」

「それはそうかもしれないけれど……こんなのは正道じゃないわ！」

「生憎《あいにく》だが、私は戦場ではどのような手段を使ってでも生き残れと子供たちには教えているし、私自身もそう教わった。つまりは……これがケンカの正道だ」

「ぐぬぬ……」とばかりに向こうの学長が地団駄を踏んだところで、僕は「はっ」と息を呑《の》む。

背中に走る冷や汗。

感じる嫌な予感と共に、周囲の様子をうかがい始める。

「どうしました？　エフタル様？」

「マーリンは気づいていないの？」

「……何にでしょうか？　特に異変があるとは思えませんが？」

「異変があるとは思えない？　なら、聞き方を変えよう。この歌が……マーリンには聞こえていないの？」

「……歌？」

さっきから聞こえ始めた……尋常ではない魔力を乗せたこの歌。

マーリンほどの術者がコレに気づかないなんて……と、冗談でも言っているのかと僕の頭の中はクエスチョンマークで満たされていく。

「ああ、確かにセイレーンが近くに飛んでいますね。目的地の港まで近いということでしょうか？」

いや、これはセイレーンの歌声なんかじゃあないよ。


――そんな常識的な範疇《はんちゅう》の歌声じゃないんだ。


どこか聞き覚えがある声色なんだけど……。

それは良しとして……マーリンにはやっぱり警戒の色がない。

そうなると本当に聞こえてないってことなのか？

そうして、サーシャに視線を向けて、僕はある意味安心した。

というのもサーシャは臨戦態勢に入っていて、僕に向けて小さく頷いてきたからだ。

しかし、他の人たちには全員……警戒の色は見えない。

なので、どうやら気づいているのは僕たち二人ってことみたいだね。

でも……本当におかしいな。

百歩譲って魔力の察知は別として、歌の音量は相当なものなんだけど……。

これが全員に聞こえていないってのは、いよいよ本当におかしいぞ？

と、その時――。

「クラーケンだ！　クラーケンが現れたぞ！」

半魚人の次はクラーケンだって⁉

次から次に一体何が起きているんだ！

そう思いながら見てみると、確かに船の進行方向数百メートル先の水面に巨大なイカの姿が見えた。

えーっと……、大きさは数十メートル級ってところか。

クラーケンの中でも巨大な個体のようで、この船の半分くらいの大きさはあるだろう。

つまりは、張り付かれればそこで終わりだ。

もしも張り付かれたとすれば、そのまま船が丸ごと深海に引きずり込まれることは想像に難くない。

と、そこでマーリンがデッキの先頭へと悠然と顔を向けた。

「さすがにアレは学生たちには手に余るな」

マーリンが何をやる気かを察して、リューシラ魔法学院の学長は蒼白《そうはく》な顔になった。

「ちょっとマーリンさん⁉　クラーケンと言えば魔術師団の中隊をいくつか……いや、大隊での儀式魔法でないと対処できないような魔物よ!?」

「何を言っているのだ貴様は」

「何を言っているって……」

「かつて国の魔術師団を単騎で殲滅《せんめつ》したという、私の経歴を知らんのか？」

「え？　そんなのは戦場の伝説の類で……噂《うわさ》に尾ひれがついてって話でしょう？」

　やれやれとばかりにマーリンは肩をすくめる。

「事実だ。そもそも貴様は私が気に食わずにケンカを売ってきているのだろう？　相手の戦力分析はケンカの基本中の基本だぞ」

　相手にする価値もない。

　そう言わんばかりに、マーリンはそのまま向こうの学長を無視して歩を進めようとする。

「ちょっと、話はまだ終わっていない――」

「そんなことだから貴様は私に名前すら憶《おぼ》えてもらえんのだ」

　そうしてマーリンは僕に向けて小声で耳打ちをしてきた。

「時にエフタル様？」

「何だいマーリン？」

「私がやっても構わないのでしょうか？　エフタル様はもう目立つのを避ける理由もないのですし……仮に名をあげることを望まれるのなら、絶好の機会かと」

まあ、それもそうなんだけど……。

実際、僕は今まで正体を隠してきたしね。

それは、魔法学院での平穏な生活を求めていたってのが根底にあったからね。

つまりは、魔法適性関連の研究を静かにやりたいってのが前提にあったけど、今は確かにそこの問題はクリアーしている。

「いや、僕は別に良いよ。マーリンがちゃっちゃとやっちゃってよ。無駄に目立つのはやっぱり良くないからさ。名声の必要があれば、別にいくらでもやり方はあるだろうけど、今はその時でもないだろうし」

ぶっちゃけ、地位や名誉には今のところ興味ないしね。

四百年前に公爵なり雷神皇になったのも、魔法を磨き続けた結果としてだ。

つまりは、暴れまわっているうちに、いつの間にかそうなっちゃったってのが本当のところだし。

とはいえ、もう隠す必要もないというのも事実だ。

なので、必要があれば本気を出そうとは思っている。

けど……少なくともマーリンが対処できるような事態で、僕が話を大きくしてややこしくする必要もない。

「ならば……滞りなく」

と、そこで海の向こうを見て、マーリンは絶句した。

「さて、状況が困ったほうに変わりましたね。どうしましょうか、エフタル様？」

はたしてそこには……波しぶきを立てて、海の底から海上に飛び上がった巨大海魔獣の姿があったのだ。

大きさは優に百メートルを超えるだろうか。

海上へ飛び上がると共にクラーケンを丸呑《まるの》みにしたソレは、再度波しぶきを立てて海中へと戻っていく。

そうして、再度海上に現れたソレは飛翔《ひしょう》魔法か何かで飛んだ。

飛翔の理屈は俺にもよくわからんが、ともかく——海面スレスレを飛びながら、ソレはこちらに向かってきた。

で、ソレが向かってきた瞬間に、そこかしこから悲鳴が上がった。

そして、リューシラ魔法学院の学長に至っては、その場で腰を抜かしてしまったんだよな。

「クラーケンの次は……あれはまさか……伝説の……終わり……もう終わりよ……」

まあ、マーリンが困るのも無理はない。

リューシラ魔法学院の学長が腰を抜かしたのに至っては当然のことだろう。

今、この船の中でアレを見て頭の中に絶望の二文字が浮かんでいない奴《やつ》はそうはいないだろうからな。

「こりゃあ俺が出るしかないだろうよ」

百メートルオーバーの巨体。

クジラのような真っ黒な体表に、人間の手足……。

というか、そのままの意味で人間のような姿で、クラーケンを丸呑みできるほどに頭だけが異様にデカい。

その魔物の名前は——

——曰《いわ》く：海の絶対者《ジェノサイダー》。

——曰く：海の巨人《シーズタイタン》。

——曰く：古代魔法文明の殺戮《さつりく》兵器。

その名をリヴァイアサン。

事実として海の魔物最強と定義される生物だ。

四百年前の時代でもこの魔物は厄災級に認定されていた化け物だ。

今の時代なら……国一つが総力を挙げてどうにかこうにか……と、そんなところだろうか。


俺自身は一度も対峙《たいじ》したことはない。

無論、楽な相手ではないことは言うまでもないだろう。

ってことで、水面スレスレを飛ぶ巨人に向けて——


「レベル10：雷神皇《エフタル》！」


出し惜しみはなしだ。

つまりは、開幕当初から十八番《オハコ》でのぶっ放し。


「良しっ！」

所詮は魔物ってことだな。

根っこのところはケダモノと大して変わらないようだ。

防御術式を展開させた様子もない。

モロに直撃コースのド真ん中だ。

さすがに俺のレベル10をまともに受ければ、いかに厄災といえどもタダでは済まないのは間違いない。

「そんな……マーリンさんの連れの方……今使ったの……レ、レ、レ……レベル10？　まさかマーリンさんの学校ではレベル10を教えているっていうのっ⁉」

「さすがにそれは教えてない。いや……私では教えられんから」

リューシラ魔法学院の学長が、支離滅裂なことを言ってやがんな。

学長は驚愕《きょうがく》を通り過ぎて、ただただ大口を開いてパニック状態に陥っているようだ。

まあ、それは良しとして、リヴァイアサンだ。

ひょっとすればこのまま決着——

——って、おいおいマジかよ⁉

雷撃を受ける直前に海面に潜りやがっただと⁉

で、けたたましい音と共に大海原に雷が落ちたわけだ。

が、当然の帰結としてリヴァイアサンを仕留めるには至らない。

電解質……つまりはナトリウムをふんだんに含んだ海水は電気を通すわけだ。

が、海水はさすがに量が量だ。

範囲が広がれば広がるほどに、必然的に電気抵抗は増えていく。

結果として、有効な攻撃――つまりは強力な電流として流れる範囲は知れているわけだ。

現状、これだとほとんど攻撃はヤツには通っていないだろう。

「ふむ、珍しく苦戦しておるようじゃな？　手伝おうかエフタル？」

「生憎《あいにく》だが、師匠に出張ってもらう状況じゃねーんでな」

「ならば、お主のレベル11で吹き飛ばすと？」

「それも生憎だが、五分限定しか使えない魔法適性全開ってのも、今はまだ使う状況じゃねえ。切り札ってのは使いどころまで取っておくもんだ」

「ならば、どうする？　さして時間はないぞ？　我も船を壊されて濡《ぬ》れるのは嫌じゃし……」

確かにサーシャの言う通り、時間はさして残されてはいない。

彼我の距離は目測――二百メートル。

あの巨体で突撃されれば、こんな客船なんざひとたまりもない。

「船長！　あの銛《モリ》……捕鯨砲みたいな奴は撃てるか⁉」

「あ、はい！　撃てますが……しかし、アレ相手に有効とは思えません！」

「良いから撃ってくれ！　勝算はある！」

「いや、勝算って……」

「照準はデタラメで良い！　大体の方角を合わせて撃ちさえすればこちらで風魔法でコントロールして必ず当てる！」

船長は瞬間だけ何かを考えて「レベル10の術者……」と一言言い残しそのまま捕鯨砲に向けて走っていった。

「絶対効かないと思いますけど――信じて撃ちますよ！」

船長が操作し、捕鯨砲が発射された。

そうして、鋼鉄製のワイヤーが付いた銛がリヴァイアサンに突き刺さったわけだ。

が、リヴァイアサンはダメージを受けた様子もない。

歯牙にもかけずにこちらに突き進んでくる。

――残り百メートル！

「さて、これで逃げも隠れもできないぜ？」

俺は右掌《みぎて》をリヴァイアサンに向けて突き出した。

そうして、再度のレベル10を行使する。

「レベル10：雷神皇《エフタル》！」

リヴァイアサンは再度、雷撃の回避のため海面下へと沈む。

が、そんなことをしても無駄だ。

何しろ俺が狙ったのはリヴァイアサンではない。

それに突き刺さった銛なんだからな。

いや、正確に言うのであれば……銛と船をつなぐ鋼鉄製のワイヤー部分だ。


――ズゴドラシャーン。


やはり、けたたましい音と共に雷撃が落ちた。

電撃はワイヤーを通してリヴァイアサンへと直撃し、手ごたえも十分。そして――

「……ハァ？」

水面に浮き上がってきたのは、リヴァイアサンの死体ではなく、クラーケンの死骸だった。

実際に手ごたえはあった。

それに、体内の銛からの雷撃……あれで生きてたら化け物どころの騒ぎじゃない。

しかも……このクラーケンの死骸は、さっきリヴァイアサンが丸呑みにしたやつのはずだ。

「どういうことだ、師匠？」

「我に聞かれてもそんなことはわからん」

顔を見合わせる俺とサーシャ。

そして俺の頭の中には、さっきまで耳に届いていた歌声が響き続けていたのだった。

☆★☆★☆★

「しかし、クラーケンを単独で退治するだなんて……マーリンさんの伝説は本当だったようね」

と、そんな感じで少しおかしなことになった。

その理由はリヴァイアサンの死骸が消えたことが主だ。

顚末《てんまつ》としては、近くにはセイレーンも飛んでいたし、その歌声でどうやら幻覚に陥っていたと……そういう結論になった。

――つまり、僕たちは集団パニック状態か何かになっていた。

と……、そういう風な場の雰囲気になっちゃったんだよね。

いや、それにしてはセイレーンの歌声を誰も聞いてないんだ。

なので、この結論もかなりの無茶《むちゃ》なんだけどさ。

けれど、ここ百年は目撃情報のないリヴァイアサンが現れたこと。

ましてや、レベル10が行使されたことのほうが無茶なんだから……まあ、そういうことになったわけだ。

で、こっちとしては別にもう実力を隠す気もない。

けれど、別に無駄に目立つつもりもない。

それで、みんながそんな感じなら……。

と、そういうことで、僕もみんなが唱える――マーリンがクラーケンをやっつけたという説を採用して、乗っかる形になったんだよね。

「それにマーリンさん？」

「何だ？」

「近接戦闘では……貴女《あなた》の学院の子たちのほうができるのは本当みたい。これは認めるわ」

「ふむ……？」

「まあ、クラーケンなら私が学生たちと協力しての集中砲火なら何とかできた可能性はあったけれど、それでも貴女のように上手《うま》くはできないわ」

「……何が言いたい？」

そうして、リューシラ魔法学院の学長はマーリンに向けて右手を差し出した。

「子供たちにとってもレベルの高いライバルの出現は悪いことではないでしょう。大会では譲る気はないけれど、いがみ合う必要もないと思うの。貴女のことは認めてあげるわ」

いや、そもそも一方的に突っかかってこられてただけな気がするんだけど……。

それに、言葉の節々にトゲはまだやっぱりあるよね。

まあ、マーリンが苦笑しながらも、握手の誘いを握手で返したんだから、そこは口を挟まないでおこうか。

「貴様……名前は？」

「リージュ。リージュ＝マクアミンよ。もう忘れないでね」

「ああ、善処しよう」

と、そこで水平線の先に陸地が見えてきた。

どうやらこれで一件落着……と、そんな雰囲気なんだけど……。

サーシャに視線を向けてみると同じことを考えていたらしく、小さく左右に首を振った。

――あの歌声。

やっぱりどこかで聞いた気がする。

リヴァイアサンを呼び出したその破滅を誘う歌声が――

――遠い記憶の彼方《かなた》、ブリジットの歌声と重なるには、あと少しの時間を要することになるのだった。

宿泊施設に荷物を置いた僕たちは港町の散策に繰り出すことになった。

それで、ナルシス島の港町は賑《にぎ》やかで活気があるものだった。

街には露店や商店が立ち並び、昼の大通りは昼食客でごった返すというか、まあそんな感じ。

と、いうのも、この島の人口は五十万人程度で、それも狭い島での話だ。

なので、ちょっとした都市よりは活気があるのは当たり前の話なんだけど。

ところで、何でこんな絶海の孤島が栄えているかというと、この島は海運の中継地点として発展したんだよね。

発展している理由はほかにもあって、古代魔法文明の遺跡があるのもその一つだ。

と、いうのもこの島の遺跡は未《いま》だに魔物が闊歩《かっぽ》している。

他の地域では既にそれが行われた後なんだけど、魔物や防衛システムの無害化が施されている最中だ。

つまりは、遺物も残されている可能性がある。

そのため、冒険者なりトレジャーハンターなりがワラワラと集まり——

——バタバタと死んでいく。

そんな感じで一攫千金《いっかくせんきん》を夢見た輩《やから》で賑わうことになった。とはいえ、遺物が少なくなるにつれて、徐々に人は少なくなっているらしいんだけどね。

他にも観光名所が多いので、旅客相手の商売も相当な規模となっているわけだ。

と、そういう事情でこの島は様々な文化がごった煮になっているんだ。

つまり、世界中から品物や文化が集まるわけなんだよね。

それで、結果として、アナスタシアやマリアは大はしゃぎしながら色んな露店の珍しい品を眺めている。

そんな姿を眺めながら、四百年後の世界でも、女性のショッピング好きは変わらないな……と、僕は苦笑いをした。

ちなみにシェリルはショッピングには興味が無いようだ。

その代わりと言っちゃアレなんだろうけど、彼女は串焼きの屋台なんかを物色している。

更にちなみにで言うと、僕はどっちかと言うとシェリル派だ。

で、マーリンとサーシャはショッピング派っていう感じ。

それで必然的に、目的の合致する僕とシェリルで街をブラつくことになったんだけど
——

「……エフタル。これは美味《おい》しい」

「うん、本当だね」

露店でオーダーしたのは鮭《さけ》と野菜の炒《いた》め物《もの》だ。

それは北海道のちゃんちゃん焼きみたいな感じの食べ物だったんだよね。

既に他の露店で相当な分量を食べてしまっているので、少量だけ頼んだんだけど、これが本当に白ワインと良く合う。

「他の客のテーブルの料理も美味しそうだ。こんなことなら、串焼きをやめてここでたくさん食べれば良かったね」

「……」

コクリと頷《うなず》くシェリル。

だけど、相変わらずの無表情だ。

うーん……。

表情からは、やっぱりイマイチこの子は何を考えているかわかりにくいね。

「……最後にスイーツを食べたい」

「まだ食べるの？　既に串焼き十本と他にも色々と食べてて僕はもうお腹《なか》パンパンなんだけど。シェリルも僕と同じくらい食べてたよね？」

「……食べたい」

「その小さな体のどこにそんなに入るのか……」

「……甘いものは別腹。それに――」

「それに？」

「……私は成長期。子供は食べて寝ることが仕事」

「良し、分かったよ。僕はもう要らないけど、君が行くなら付き合ってあげる」

と、僕は苦笑しながらワインを飲み干した。

そして、立ち上がったところで、僕は「あっ！」と息を呑《の》んだ。

「……どうしたエフタル？」

「あれは……」

「……そこのパフェ屋さんのこと？」

「ただのパフェじゃないよ！　チョコが乗ったやつだ！」

「……だから、そこのパフェ屋さんのこと？」

「だから、ただのパフェじゃないんだ！　チョコが乗ったやつなんだよ！」

僕たちが住んでいる地域にチョコが入ってくることは珍しいんだよね。

四百年前からそれは変わらず、チョコが食べたいチョコが食べたいと僕はずっとずっと……。

と、そんな感じで僕はチョコレートパフェを実食すべく、ものすごい勢いでシェリルの手を引いて歩き始めた。

「……エフタルはショコラが好きなの？」

「四百年前からの好物だ。研究で疲れた時とかには本当に美味しくてね」

「……ふふ。面白い」

「面白いって？」

「泣く子も黙るカミナリさまが……ショコラ好き……くく、ふふ、ふふふ、あはっ！　あはは！　面白い！　エフタル面白い！　エフタル可愛《かわい》い！」

何故《なぜ》か笑い始めてしまったシェリル。

しまいには、その場で腹を抱えて笑ってうずくまった。

挙句の果てには、目には涙すら浮かべてしまっているね。

――いや、笑いのツボが全く分からない。

本当に……この子は本当に良くわからないな……。

僕にとってはチョコレートをなぜかショコラと言う、シェリルの謎のこだわりのほうがよっぽど興味深いと思うけど。

☆★☆★☆★

と、そんなこんなで――。

シェリルとの食事を終えた僕たちは、マーリンたちと合流するために約束していた場所へと戻った。

ちなみにチョコレートパフェは三杯食べたんだよね。

で、それを見て、ずっとシェリルはケタケタと笑っていた。

で、更にちなみに言うと……シェリルは色んなパフェを五杯も食べていた。

それはもう圧巻の光景で、本当にこの小さい体のどこに入っているのか謎状態だった。

あー。

そういえば、この子の先祖のアイザックも痩せ型の癖に無限に食べ続けていたっけ。

と、苦笑しながらシェリルの頭を撫《な》でたところで、僕は再度「あっ！」と息を呑んだ。

「……どうしたエフタル？」

「卵……」

「……卵屋さんがどうした？」

「生で食べれるって書いているように僕には見えるんだ」

「……看板には確かにそう書いている」

そこで僕は再度……マッハの速度で動き始めた。

つまりは、マッハの速度でシェリルの手を引いて、露店の卵屋さんへと向かったということだね。

「卵が生で食べられるって本当ですか？」

詰めよるように僕はそう尋ねた。

そして、その質問に対し、店主は親指をグッと立ててニコリと笑った。

「ああ、東方出身の連中からの需要でね。サルモネラ菌対策もバッチリさ！」

「東方の人たちからの生卵の需要ってことは……コメと醤油《しょうゆ》は？」

「んなもん、市場に行って探せばいくらでも手に入るぜ！　ってかお客さん……卵とコメと醤油って……ひょっとしてアレをやる気かい？」

太陽のような笑みを浮かべる店主さんの顔……。

ああ、僕にはこの店主さんが、まるで仏様のように見えてきたぞ。

いや、事実として後光が差して見えるレベルだ。

そして、思わず僕は涙を浮かべて店主さんに握手を求めてしまったんだ。

「はい！　アレをやる気です！」

「そうか、アレをやる気なのか！」

「ガハハ」と笑いながら店主さんが気さくに握手に応じてくれた。

で、僕と店主さんはどちらからともなく「うんうん」と頷きあい始めた。

だけど、シェリルは仏頂面でこう尋ねてきたんだ。

「……意味が分からない。アレとは何？」

「ＴＫＧだよ！」

「てーけーじー？」

「た・ま・ご・か・け・ご・は・ん！」

「……？」

「生卵を……蒸したコメの上にかけて、醤油をたらすんだ！」

それを聞いてシェリルはしばし押し黙り、何やら小首を傾《かし》げた。

「……それは何かの魔術儀式？」

「何で食べ物の話が魔術儀式になるんだい？」

「……食べ物の……話？　生卵は食べ物ではないと思うが」

「……？」

「……？」

お互いに小首を傾げて「？」マークが目に浮かんでいる状況だ。

と、そこで僕は「ポン」と掌《てのひら》を叩《たた》いた。

「ああ、僕たちの地域では生卵を食べる文化がないからね」

「……逆に聞きたい。生卵を食べる地域があると？」

「東方では割とポピュラーって聞いたことはあるね。高級食材だから庶民には手が出にくいみたいだけど」

「……エフタル？」

「何だいシェリル？」

「……私は絶対に食べないから」

「え？」

「……これはどう考えても私も食べさせられる流れ。最初に言っておく。私にゲテモノの趣味はない」

「だからゲテモノとかじゃないんだって！」

ドン引きの表情のシェリル。

だが、ここは日本人としては、断じて否と言っておきたい。

ＴＫＧをゲテモノ扱いさせるなんて……そんなことはあり得て良いことではないからね。

と、その時、店主も僕と同意見のようで声を荒らげてこう言ったんだ。

「俺も最初はドン引きしたもんだが、騙《だま》されたと思って食ってみろ！」

「そうだよシェリル！　騙されたと思って！」

「……私は過去に騙されたと思って食べてみろと言われ、本当に騙された経験がある……ブロッコリーの苦い思い出だ」

「ブロッコリーとＴＫＧは違うんだシェリルっ！」

「そうだぞ！　この少年の言うとおりだ！　あっ……！　そういえばちょうど、隣の露店で東方食が売っているんだ！　スチームライスの単品売りもできるはずだ！」

「本当ですか⁉　むしろ、僕が今すぐ食べたいです！」

「良し、醤油は……サービスだ！　使う分だけ俺がくれてやる！」

「ありがとうございます！」

「おーい！　隣の店主！　今すぐこっちにスチームライスを持ってこい！」

そして待つこと数分後。

立ち食い状態だけど、僕たちに非の打ち所がないＴＫＧが手渡されることになったんだ。

「……エフタルはさっきお腹がいっぱいと言っていた。悪いことは言わない、やめておこう」

「ＴＫＧは別腹なんだよ!!!」

僕の大声での主張に、シェリルはやはりドン引きの表情を浮かべる。

「……私はお腹がいっぱいなので遠慮しておく」

「シェリルがいくらでもお腹に入ることは……僕はもう知っているから！」

「……助けて……誰か助けて……。エフタルが怖いと思ったことは初めての出来事で、私はとても困惑している」

と、その時――。

僕たちを見つけたアナスタシアの声がこちらに届いてきた。

「ご主人様なんです♪　待ち合わせ場所にいないから探して……って、何してるんです？」

「ＴＫＧの実食だよ！」

「てーけーじー？」

「生卵を、蒸したコメにかけて醤油をかけたものなんだ！」

「えーっと……それって何かの魔術儀式なんです？」

シェリルと同じく、僕の力説が全く通じていない。

っていうか、アナスタシアも完全にシェリルと同じ反応となっている。

くっそ……。


――どうしてわかってくれないんだ……。


と、僕はやるせない気持ちになりつつも、更なる熱弁を振るった。

「食べればわかる！　美味《おい》しいから！」

「食べ物なんですか⁉　生卵がっ⁉」

アナスタシアは驚愕《きょうがく》の表情を浮かべる。

そして彼女は、しばし何かを考え込んで……そして一大決心の表情と共にこう言ったんだ。

「それは奴隷と主人の関係としての絶対命令でしょうか？　そうであれば私は……私は……死ねと言われればご主人様のために死ぬ覚悟ですので！」

「いや、だからそういう話じゃないんだって！」

あー、もうっ！

本当にどうしてわかってくれないのかな？

と、その時、残るマリアとマーリンとサーシャがその場に現れた。

「あ、エフタルはこんなとこにいたんだ。で、丼を持って何やってるのアンタ等《ら》」

「エフタル様、お食事の最中でしたか。何を食べてらっしゃるので？」

「昔からお主は食べ物のことばっかりじゃのう……。で、何を食っておるのじゃ？」

「ＴＫＧの実食だよ！　生卵を、蒸したコメにかけて醤油をかけたものなんだ！」

そうして三人は顔を見合わせて、不思議そうな顔で僕にこう尋ねてきた。


「「「それって何の魔術儀式？」」」

☆★☆★☆★

「涙が出るほど美味しかったんです！　あんな美味しい食べ物を知ってるなんて、さすがご主人様なんです！」

「さすがはエフタル様……食に関する探究心もまた初代の四皇の名に恥じぬものですね。説明だけを聞いてゲテモノ料理と思った自身を恥じねばなりません」

「まあ、お主が美味《うま》いというものは、昔から大体は滅茶苦茶《めちゃくちゃ》美味いからの」

「……エフタルに一生ついていく。そうすれば今後も未知なる美食にありつける」

見事な掌返しだ。

けど、僕の胸に彼女たちに対する恨みやつらみはない。

むしろ、日本人としての最低限の仕事をやったという誇りと満足感に満たされている。

食べもせずに卵かけ御飯を馬鹿にされたら……。

それはもう「絶対に素晴らしいから！」って、頑張るしかないもんね。

まあ、そんな感じで合流した僕たちは、軽く露店を物色しながら宿への帰路についていたわけだ。

と、その時――

「マーリン学長とお見受けします」

道の先には、僕と同じくらいの年代のポニーテイルの女の子が正座で座っていた。

「和装……だね」

「ええ。刀も差していますし、東方のサムライというやつでしょうか？」

そうしてマーリンは咳《せき》ばらいを一つして、和服の少女にこう尋ねかけた。

「いかにも私はマーリンだが……君は？」

「不躾《ぶしつけ》であることは承知しておりますが――お手合わせ願えませんか？」

「ふむ、手合わせとは？」

「見ての通り、私も刀に生きる者――武の追求を目的とする者です」

「私と手合わせをするという、その心は？」

「井《い》の中《なか》の蛙《かわず》、大海を知らず……強者に揉《も》まれてこそ、己《おの》が未熟を悟り、更なる修練へと打ち込める……それが私の考えです」

「その考えは否定はせん。だが、生憎《あいにく》なことにその手の輩《やから》は後を絶たなくてな……それも未熟が過ぎてただただ面倒な者ばかりで、怪我《けが》をさせるわけにもいかず私も困っているのだ。どこの学生かは知らんが、私には子供の飯事《ままごと》に付き合っている暇はない」

「未熟というのが問題ならば、私の実力を認めさせればよろしいと？」

「ああ、そうなるな。まずは魔法学院対抗世界大会で名を挙げ、修練を積むことだ。将来的に君の名前が私の届くようになれば、相手をしてやらんことも――」

マーリンの言葉の途中で少女は立ち上がる。

そしてアナスタシアに向けて剣を向けた。

「ならば、まずは学長の教え子を相手にさせてもらいますっ！」

「そういうことを言っているわけではない！　人の話を聞いているのか君は！」

制止しようとしたマーリンの肩を摑《つか》む。

「エフタル……様？」

その言葉に、僕は小さく頷《うなず》いた。

「僕の見立てによると……まあいいや、やらせてみようよ。アナスタシアにとっては無駄な経験にはならないと思うし」

「エフタル様がそうおっしゃるのであれば……」

「それじゃあ、私が相手をするってことで良いんです？」

そう言うや否や、アナスタシアは右手で鞘《さや》から剣を抜いた。

そうして、和服の少女と対峙《たいじ》したわけなんだけど――。

アナスタシアの左手は懐中なので、まあ……飛び道具か何かで、仕掛けを打つつもりなんだろう。

そして少女もまた右手で刀を抜いて、左手を懐に入れて、何かを取り出した。

「え？　コイントス……？」

言葉のとおりに少女は懐から銀貨を取り出したわけだ。

で、上方に向けてトスをしたんだよね。

そして、その刹那、気が付けば少女はアナスタシアの喉元に刀を突き付けていたんだ。

「相手の不意をつくだけなら、これで十分なのですよ」

「……くっ」

「何かに注意を逸《そ》らすだけなら、大掛かりな仕掛けは必要ありません」

「……」

「そう、魔法の風で操作した香辛料を風に乗せ、目つぶしをするようなことをしなくても良いんですよ」

「あ、バレちゃってたんです？」

目が泳いでいる状態のアナスタシア。

彼女は降参だとばかりに剣を床に落として両手を挙げた。と、その時——

和服の少女は背後を振り向いた。

そして、飛んできた矢をむんずと摑んだんだ。

これは、事前にマリアは弓が有効射程になる程度に距離をとっていたということだね。

そうして、マリアは、続けざまに氷撃の魔法を放ったけど、少女は気合と共に刀を一閃《いっせん》した。

「魔法を……刀で斬ったですって!?」

「この程度ができねば、退魔刀師とは言えません」

そうして一気に和服の少女は距離を詰めてきた。

対するマリアは迎撃だとばかりにナイフを繰り出した。

それで、少女はマリアのナイフを最小限の動きで避けた。

そのまま、お返しだとばかりに繰り出されるのは、大上段からの打ち下ろしだった。

「舐《な》めんじゃないわよ！　こちとら子供の時からナイフ格闘を――」

刀からの回避行動に入っていたマリアが狼狽《ろうばい》の表情を浮かべる。

「って、マジで!?」

と、いうのも、打ち下ろしの軌道を蛇のように変えて、ホーミングミサイルよろしく避けた先へと追いかけたんだ。

完全に躱《かわ》したはずの攻撃が追いかけてくるんだから、マリアとしては「たまらない」以外の感想は出ないだろう。

「器用貧乏ですね。全てがそれなりですが、所詮はそれなり――私には及びません」

「カ……ハ……っ！」

で、きっちりと峰打ち……か。

オマケに……怪我をしない強度と場所を狙ってのことだね。

残念だけど、相手のほうが一枚も二枚も上手《うわて》なことは認めざるをえないだろう。

そうして、最後に少女は地面に落ちていた石を蹴り上げる。

そのままシェリルに向けて小石が飛んでいき「クキャンっ！」と甲高い悲鳴と共に彼女

は倒れた。

「エルフの娘がやられたのを確認すると同時にレベル6級の構築……。ですが、速度が甘い」

　気が付けば――。

倒れるマリアとシェリル、そして降参のポーズのアナスタシア。

そうして僕に切っ先を向ける和服の少女という状態になっていた。

「それで――残り一人の黒髪はどうしますか？」

「え？　僕のこと？」

「貴方《あなた》には興味がありませんので、どちらでも良いですがね。楽勝でしょうし」

「楽勝っていうのは、どういうことなのかな？」

「貴方の纏《まと》う魔力――精度も練度も何一つ目を見張る部分がありません」

「……」

「まあ、マーリン学長のお弟子さんの中で……そうですね。魔力の量だけであれば、私が危険を感じたのはそこで倒れている青色の髪の子供……程度でしょうか」

　やはり、この子の実力は僕の見立てのとおりくらいだね。

マリアやアナスタシア、そしてシェリルの力量は見抜ける。

けれど、僕の実力の隠蔽については気づいていない。

と、そこでマーリンが僕に耳打ちをしてきた。

「エフタル様？　好き勝手言われていますが……？」

「確かに好き勝手に言われちゃってるね」

「この小娘……普通に迷惑ですし痛い目にあわせましょうか？」

「いや、それはしなくていいよ。僕もこの娘《こ》の力量には興味ないし、そこはお互い様だ。ただし――」

「ただし？」

「この娘を仕込んだ師匠の剣術屋さんのほうなら興味はあるかな？」

実際問題――。

アナスタシアたちの技量はこの世界の学生としてはトップ層なのは間違いないしね。

その三人を子供扱いってことで、この少女は同年代からするととんでもない技量の持ち主だ。

なので、それを育てたってことなら……本当に興味はある。

「それにそこの黒髪？」

「ん？　何だい？」

「私はマーリン学長は美男子を侍《はべ》らせて特別扱いをするという噂《うわさ》を聞いたことがある」

あー。

そう言えば、確かにそういう噂もあったよね。

いや、噂とは言い切れないところもあるんだけどさ。

ショタを集めて自宅で魔法教室とかやってるらしいし。

「故に――貴方には私は欠片《かけら》も興味はない。実力の世界に色香をつかうなど言語道断です」

そうして和服の少女はマーリンに刀の切っ先を向けた。

「マーリン学長。力は示しました――是非とも一手……お手合わせをお願いしたい」

その言葉で、マーリンは深いため息と共に肩をすくめた。

「まあ、仕方ない……怪我をさせない程度に少し遊んでやろうか」

マーリンの周囲に魔力の奔流が迸《ほとばし》る。

そしてそれを受け、和服の少女の眉間に皺《しわ》が寄った。

と、その時――

「待ちなさい、ナオミ」

これまた和服の男性が現れた。

男の年齢は三十代前半くらいかな？　髪型は少女と同じく長髪で後ろを束ねている。

そして男はニコリと笑って――ゴツンと少女に拳骨《げんこつ》を一撃。

そうして、男はこちらに深々と頭を下げた。

「これは我が弟子が失礼をしたようで……申し訳ない」

男はアナスタシアたちの様子を一瞥《いちべつ》し、更に頭を下げた。

「お詫《わ》びのしようもない状況かと思いますが、重ねて申し訳ない」

男の謝罪と共にマーリンは練り上げた魔力を解除する。

そして、やれやれとばかりに肩をすくめた。

「こちらの小娘どもが敗れたのは未熟が故です。良い勉強になったと思いますよ。頭を上げてもらいたい」

「これは寛大な対応……ありがとうございます。さすがは魔族の英雄と称されるマーリン学長ですね。お会いできて光栄です」

「魔族の英雄という呼称よりも、初代雷神皇の内弟子と呼ばれるほうが好きなのですがね。どうにもそちらの通り名が定着してしまい……」

クスリと笑ってマーリンは言葉を続ける。

「こちらこそお会いできて光栄です。剣神皇」

「ほう、気づいていたのですか？」

「その身に纏う……近接に特化した形で洗練し研ぎ澄まされた魔力、そして弟子の尋常ならざる力量」

「……」

「今、この島で条件に適合するのは貴方しかいないでしょう」

まあ、そうだろうね。

これほどの静かな、そして力強い魔力運用。

至高とも呼べる身体能力強化術を実現できる人間なんて、四百年前の世界にもそうはいない。

で、ニコリと笑って剣神皇はマーリンに右手を差し出した。

マーリンもまた軽く頭を下げてから、伸ばされた右手に自身の右手で応じる。

「しかし、お互いに雑事で大変ですな。剣神皇」

「ええ、全くです」

「貴方は世界中を飛び回って自身を磨いておられる関係で、世界のどの機関でも常に所在を摑めないのだとか」

「とはいえ、俗世とは縁を切ったわけではありませんので。年に一度の魔術学会総会には客人として、そしてやはり年に一度の神聖皇帝御前試合には剣士として参加せざるを得ないのですよ」

「お言葉ですが、今年は客人というわけではないのでは？」

「ええ。十年ほど前から若い弟子を取りはじめましてね……。ご存じの通り、弟子たちが世界中の剣術大会で良い成績を収めてくれています」

「はは。良い成績どころか、少年少女の部で全て圧勝だと伺っておりますが」

「まあ、その関係もあって今年はエキシビションマッチということでオファーを受けましてね」

「ほう、エキシビションマッチですか？」

「これはご存じないようですね。魔法学院対抗世界大会の優勝校との対決……剣と魔法の対抗戦と……そういう余興を弟子たちが引き受けることとなったわけです。ちなみに、そこでの勝者を真の学生優勝チームとするという話ですね」

その言葉でアナスタシアたちの中で動揺が走った。

と、なると僕たちが優勝した場合――。

最終的には剣神皇の弟子たちとぶつかることになるわけか。

そこで今まで黙っていたサーシャが剣神皇に声をかけた。

「ところで我には挨拶もなしか？　キイチよ」

「ああ、これはお久しぶりです不死皇」

「で、何故《なぜ》に我を今まで無視していたのじゃ？」

「いや……その……私は不死皇のことが苦手なんですよね」

「苦手？　弟子入り志願してきたその日に、お主を愛《め》でようと夜襲をかけようとしただけでそんなことを言われても困るのじゃ」

いや、そりゃ苦手にもなるでしょうよ。

と、僕はドン引きの表情で苦笑いを作る。

「だから苦手なんです。十四歳の時からですから……六年ですか。私が二十歳を超えて、貴方の対象外の年齢になるまで……どれほど夜を恐れたか」

「それは良しとしてじゃ。我から逃げるために東方の故郷に夜逃げ同然で帰ったような輩《やから》が……今では剣神皇とは気に食わんの」

「まあ、逃げた先で魔術ではなく剣に出会えたことは僥倖《ぎょうこう》でしたね」

「我としては魔術師としてそれなりになったお主を見たかったのじゃがのう……才能はあったと思うぞ？」

「それを潰したのは貴方でしょうに。ともかくマーリン学長、お互いに優秀な教え子に恵まれたようで何よりですね」

「それについては……私が教えているわけではないのですが」

と、マーリンが苦虫を噛《か》みつぶしたような顔をした。

そしてそんなマーリンを見て、剣神皇は「はてな」と小首を傾《かし》げる。

「しかし、因縁というべきかなんというべきか……。我が師である武神ブレイトと貴女《あなた》の師であるエフタル氏。かつての親友同士の系譜を持つ者が四百年の時を経てこの島で出会うとは」

「確か武神殿は二百年程度この島で過ごされたのですね」

と、そこで思わず僕は剣神皇にこう尋ねてしまった。

「え？　貴方はブレイト……いや、武神殿のお弟子さんなのですか？」

ブレイトと言えば昔に冒険者稼業をしていた時からの親友だ。

魔王討伐の時にも、各国連合から僕たち四皇と同じく招集がかかるほどの実力者だった。

まあ、後に武神と呼ばれるようになることには疑問もない。

「ええ、そうですよ？」

「それに二百年過ごしたって……いや、そもそも武神殿は人間族で……寿命の関係で色々おかしくありませんか？」

「う～ん……君は不思議な子ですね」

「と、おっしゃると？」

「我が師について知っているようで知っていないような……そんな気がするんです」

そんなことを言われても、途中までしか知らないしね。

「まあいいでしょう。武神ブレイトは自身に不死化の術法を施したのですよ」

「不死化？」

「不死皇……サーシャ様という前例もありますしね」

「だとすると、武神もまた自身に不死化を？」

「ええ、そのとおり。山賊稼業などで世界中を荒らしていた魔王軍残党狩りに血眼になっていた際に、偶然に古代魔法文明のアーティファクトを手に入れたのが大きかったようです」

「残党狩りって……どうしてそんなことを？」

確かにブレイトは修行馬鹿みたいなところもあった。

っていうか、常に山籠もりをしていたような人間だったはずだ。

さらにいうのであれば、世界各国の強者の情報を集めて道場破りや手合わせの熱いアプローチ——。

まあ、さっきナオミと呼ばれた子がやってたようなことが大好きな奴《やつ》だった。

例えば、冒険者稼業も強者を求める一環としてやってただけだったよね。

証拠に、Ｓランクとなって敵がなくなった瞬間に足を洗ったはずだし。

しかし……と、僕は小首を傾げる。

そんな奴が主力を失い——あとは小さな悪事のようなことしかできなくなった、そんな魔王軍の残党狩りなんかに興味を示すはずもないんだけど……。

「ああ、そのことですか。決戦の魔王城の前ですが……初代四皇のエフタル氏と色々あったようでしてね」

「と、おっしゃると？」

「当時、我が師には不治の病に侵された病気の妻がいましてね」

「……」

「生きて帰れるかどうか分からぬ戦いの前に、エフタル氏はこうおっしゃったのです」

「……」

「『世界の命運とテメエの嫁さんのどっちが大事なんだ！　死にかけてる嫁さんに心配かけんじゃねえこのウスラトンカチがっ！　俺たちが全部上手《うま》いことやるから、テメエは家で嫁さんと一緒にいてやれっ！』ってね」

　ニコニコと笑いながら言う剣神皇。

　そこで、マーリンだけじゃなくてアナスタシアたちまでもが『確かにそんなこと言いそうだ』と僕に視線を向けてクスクスと笑っている。

　いや、まあ、事実としてそんなことを言ったような気はする。

　ブレイトの奥さんは僕も良く知っていたしね。

「まあ、普通に考えて世界の命運も自分の妻もどっちも大事でしょう？」

「それは……そうでしょうね」

「けれど、妻が一番大事と断言して激怒するあたり……雷神皇の残念なお人柄がよく表れています」

「……残念というのは言いすぎな気もしますけどね」

「ともかく、それに我が師は感謝していましてね」

「感謝というと？」

「奥様が亡くなられたのは遠征の最中《さなか》の期間でした。だから――エフタルのおかげで妻の最後を看取《みと》ることができたといつもおっしゃっていますよ。あのまま遠征に参加していれば一生後悔していただろうとね」

「……なるほど」

「ですが、同時に負い目も感じていたのです」

「負い目というと、どういうことでしょう？」

「一番大事なその時に、俺は妻の側《そば》にはいたが、エフタルの側にはいなかった……と」

「でも、結果的に魔王も討伐できたし、それで良かったのではないでしょうかね？」

「我が師も頑固でしてね……。それで、四皇が取り逃した魔王軍の残党は自分が始末をすると……。そして時が足りずに自身に不死化を施したと、そういう顛末《てんまつ》ですかね」

まあ、律儀な奴だったから、そうなるのも分からないでもない。

でも……そうなのか。

ブレイトが生きているのか。

そうであれば、是非とも一度会って酒でも酌み交わしたいものだ。

と、僕が感傷に浸っていると、剣神皇は腰の剣を抜いて、ハラリとその場に落ちてきた木の葉に向けて剣を振るった。

「そうそう。弟子がマーリン学長に力を見せろと言う非礼を働いたお詫びといってはなんですが……これが私の力量です」

目にもとまらぬ早業というのはこのことだ。

と、僕はあまりの速度に息を呑《の》んだ。

そうして、そのまま鞘《さや》に剣を収めると同時、剣神皇は僕の背後に瞬時に回った。

そして、小声で僕にだけ聞こえるようにこう言ってきたのだ。

「ところで、貴方《あなた》本当に学生ですか？」

「学生以外の何に見えます？」

「その実力……学生以外の何かにしか見えませんが……ね」

「僕は……貴方の弟子には、弱いから興味がないと言われましたが？」

「はは、いけしゃあしゃあと冗談を良く言うものです」

「冗談とおっしゃると？」

「高度な隠蔽を施しているじゃありませんか。未熟な弟子では見抜けないのも当たり前の話です。貴方の纏《まと》う魔力……私でも底が見えません」

「……」

「私が知る限り……そうですね。まるで完成された老獪《ろうかい》な魔法剣士のような……というのが一番近いでしょうか」

「……」

「それも神聖皇帝御前試合の本戦で出くわすような化け物の領域でね」

そのまま剣神皇は僕から離れ、マーリンへと再度向き直る。

「ともかく、世界大会後のエキシビションマッチ——どんな相手でも我々の圧勝と思っていましたが、そうは簡単にいきそうにありません」

「ええ。それはこちらも同感です」

「とはいえ、ライバルの存在はやはり良いことなのでしょう」

そうして剣神皇はニコリと笑って言葉を続けた。

「そう、かつての雷神皇と、我が師のように……ね。それでは私たちはこのあたりで失礼します」

と、剣神皇は「行きますよナオミ」と女の子に声をかけた。

そうして、剣神皇はその場から静かな足取りで消え去るように立ち去っていったんだ。

っていうか、足音が完全に無かったよね。

この辺りは日々の鍛錬の一環ってことなんだろうけど——

「エフタル様？」

「何だいマーリン？」

「先ほどの木の葉を切ったあの男の動き……見切れましたか？」

「剣を振った回数は八回のように見えた」

そうしてマーリンは先ほど剣神皇が切った、地面に散らばった木の葉を拾い集めた。

「確かに八回……ですね。私には七回のように見えましたが……さすがはエフタル様です」

「が、見えるということと、対応できることは別の話だ」

「エフタル様をして、そう言わしめますか……」

「しかし、本当に惚《ほ》れ惚《ぼ》れするほどの身体能力強化だね。あの点については確実に負けていると断言できる」

「……もしも全力の戦いをしたとして——勝てますか？」

「やる前に勝てると断言してしまって、僕に油断が生じると不味《まず》い……そういう相手だと回答しておこうか」

と、まあ——。

そんな感じで僕たちは翌日から始まる魔法学院対抗世界大会に向けて、改めて宿への帰路についたのだった。

魔法学院対抗世界大会

そして翌日。

僕たちは魔法学院対抗世界大会の会場に向かった。

そこは横浜アリーナとか東京ドームみたいな大きな会場だった。

で、聞くところによると、屋内には色んな施設があるらしい。

もちろん、こんな大掛かりな建物はこのためだけに作られたものじゃない。

この島で、魔法とか剣術とかの色んなイベントが行われる際に使われる建物なんだってさ。

このあたりは、この島が海運の中継地点ってことで、地理的に世界的な催しを行うには都合が良いってことから作られているわけだ。

で、昨日――。

ナオミにコテンパンにやられた、僕と共に歩く三人の様子がおかしかった。

「……全てがそれなりですって？　あの和服ポニーテイル……エルフの秘術で絶対に泣か

せてやるわ」

とは、マリアの談だ。

そして、目には闘志の炎が見えるようだ。

あと、体からエルフ特有のバフ系の魔力が漂っているので、どうやら何かを仕込んできたらしい。

「不意をつくにはコイントスだけで良かっただなんて……もうこうなったら、どんな卑《ひ》怯《きょう》な手を使ってでもギャフンと言わせてやるんです！　幸い、昨日の買い物で禁制の錬金術アイテムも手に入ったことですし」

とはアナスタシアの談だ。

こちらは背中に怪しい臭いを放つリュックサックを背負っている。

「……高レベル魔法は確かに時間がかかる。でも、それは町中に被害が出ないようにしてやったせいで余計に時間がかかったからで……あの女……必ず泣かす」

とはシェリルの談だ。

こちらは屋台で買った串焼きをほおばっているね。

いや、串焼きに何の意味があるのかは分かんないけど。

「エフタル様……アナスタシアがおかしいことを言っていますが？」

「まあ、確かに物騒なことは言ってるね」

「あの駄犬……痛い目を見させましょうか？」

「まあ、燃えてるって感じで良いんじゃないかな？」

「しかし、禁制品なんてバレれば失格ですよ？」

「それはあくまでも個人での話だろう？　チーム戦なんだから、彼女が抜ければ僕があとはフォローするさ。それにね……」

「それに？」

「バレなきゃ問題ない」

「まあ、それは確かに」

「うん、バレないように不正をするのもケンカの最適解の一つだからね。それは不正じゃなくて技術の一つさ」

「まあ、エフタル様らしいと言えば……エフタル様らしい考え方ですね」

「っていっても、僕個人は邪道にはあんまり頼らないけれど、工夫して戦力差をひっくり返すのはアナスタシアの個性と捉えているから……まあ、問題ないんじゃないかな」

　そんなことを喋《しゃべ》っていると、会場の外で面白そうなことをやっていた。

と、いうのも――。

　僕たちが向かうべき屋内会場に入る前の屋外グラウンドで、何やら学生たちが集まって魔法の的破壊試験のようなものをやっていたんだよね。

見ると、銅像のようなものに向けて学生たちは魔法を放っているらしい。

で、攻撃魔法の効果によって合否を判断されているようで、何かの試験みたいではあるんだけど……。

「あれは？」

「予選ですね」

「予選？」

「ええ」とマーリンはコクリと頷《うなず》いた。

「世界には無数の魔法学院がありますからね。校内での対抗戦の優勝チームを全て受け入れれば、それは収拾がつかないほどのチーム数となるわけです」

「ふむふむ」

「そして、魔法学院としても全国大会の入賞は誉《ほまれ》……というか、学院の格付けにかかわる重要問題なのです」

「それで？」

「なので、全世界から『腕に自信のある』学院の生徒が集められ、こうして本選出場のための試験を行うわけなのですよ」

「でも、僕たちはそんなことやってないよね？」

「まあ、一応はウチは名門ということですからね」

「そういえば……確かそんな感じの説明を受けた記憶もあるね」

「名門なのは昔からなのですが、それでも学内選考だけでの本選出場のシードを勝ち取るまでは——私が学長になってから七年ほどかかりました」

なるほどね。

と、僕は小さく頷いた。

そうして僕たちは本選会場へと足を進めようとしたんだけど——。

「ところでマーリン？」

「何でしょうか？」

「アレって僕がやっても良いものなのかな？」

「予選もそろそろ終わりそうな様子ですし、終わった後で私が口添えをすれば言うことは聞いてくれるでしょうが……」

「なら、是非とも僕も参加したい」

「どういうことでしょうか？」

「少し、試したいことがあってね」

怪訝《けげん》な表情をマーリンは作り、何かを考えるようにアゴに手をやった。

「試したいこと？　どういうことでしょうか？」

「さすがに……ぶっつけ本番で縛りプレイで本選に向かうのも、本選を舐《な》めすぎかなと思って」

「縛りプレイ……と、おっしゃいますと？」

「ああ、今回の大会に限っては僕なりに課題があるんだよ」

「エフタル様の課題？」

「ともかく、口添えをお願いするよ」

☆★☆★☆★

ってことで――。

僕は的破壊……ならぬ、像破壊をすることになった。

ちなみにマーリンの口添えの効果は絶大だった。

なんせ、嫌な顔一つされずに「オッケー」との回答で、まあそこには感謝しかないよね。

ただ一つ問題なのは――。

『おいおい、本選シードのエリート様がお遊びで試験を受けるみたいだぜ』

『エリート校様の実力とやらを見せてもらおうじゃねーか』

『私は純粋に本選出場者のレベルがどんなものか興味がありますわ』


まあ、そんな感じでちょっとした騒ぎみたいになってたんだよね。

それで数十人のギャラリーに、驚いたことに剣神皇の弟子のナオミも混じっていたんだ。

『師匠はああ言いましたが、私はマーリン学長との手合わせを諦めておりませんので』

で、懲りずにそんな感じのことを言っていたんだけど——、ブレイトの孫弟子だなぁ……と僕は苦笑いしたんだよね。

『ああ、そうそう。顔が良いからというような理由でチームに選ばれたような男には興味がないのは変わりませんが……まあ、ほんの少しだけ貴方《あなた》の実力にも興味がないことはないので』

って感じで、ナオミがギャラリーに加わったというのが顛末《てんまつ》ってわけだね。

と、それはさておき像破壊だ。

で、さっきもマーリンに言ったけど、今回の僕には課題がある。それはズバリ——

――剣術だ。


実のところ――。

今回の世界大会では、僕は身体能力強化以外の魔法は封印しようと思っているんだ。

既に魔法剣の研究はレベル10まで達している。

なので、魔法適性ゼロの呪縛がなければ、いつでもそれは行使可能なわけだ。

けれど、肝心要の僕の剣術の完成度が、僕の思う水準には達していないって問題があるわけなんだよね。

自身の研鑽《けんさん》のためと――学生たちへのハンデ。

そういった意味も込めて、それくらいが丁度良いんじゃないのかなー。

と、そういう感じが僕の所感となる。

とはいえ、何だかんだで世界中のトップエリートが集まる場だ。

付け焼刃の浅い考えでの実行では……正直不安だ。

と、そういうこともあるので、この試験を受けてみようと思ったわけなんだよね。

「さて……」

と、僕は眼前二十メートルの距離に所在する銅像を睨《にら》みつける。

続けて、脇に立っている試験監督に尋ねかけた。

「要はコレを破壊すれば良いんですよね？」

「ああ、そういうことだ。破壊できれば文句なしの合格だな」

「さっき、試験を見ていましたが近接で……メイスで殴りつけていた人もいましたが？」

「剣士とは少し違うが、魔法剣士枠の子だな。ともかく、遠距離魔法でも魔法を乗せた魔法剣でも何でも構わない。要は手段は問わずに銅像に……なんでも良いからぶっ放せば良いんだ」

「分かりやすくて助かります」

まあ、破壊力ってのは結局のところ、基礎的な戦闘力を測るのに一番良いからね。

レベルが高い魔法を使えば威力も上がる。

そして、レベルの高い魔法剣もまた然《しか》りだ。

それに同じレベルの魔法でも魔力操作の熟達によって威力は変わる。

そういった意味では、大きなザルでふるい分けるにはこれほど効率的なものはない。

「それじゃあ始めても良いでしょうか？」

「ああ、構わんぞ。ああ、そうそう……君に一つお願いがある」

「お願い？」

「実は俺もマーリン学長の特別な頼みってことで……何が見れるか期待している。盛大に爆裂魔法でもぶっ放してくれ」

いやー。

そう言われても今回は魔法は使わないんだけどね。

僕が本気出したらレベル11：四皇《シコウ》とか、レベル10：雷神皇《エフタル》だったりになるわけだ。

そうなるともう、これは間違いなく、大騒ぎになるしね。

ってことで、この人が驚くかどうかはさておき——


——剣術だけでの本気を見せてみようか。


フレイザー兄さんセシリア姉さん。

それにモーリアさんから僕は子供の時からシゴかれてる。

で、あの三人は相当な実力者のはずだ。

当然、僕の剣術は世界大会でもそこそこ通用するはずだ。

と、僕はそう踏んでいるわけなんだよね。


「さて——」

そう呟《つぶや》いた僕は、剣を大上段に構えて、身体能力強化を全開で発動させる。

続けての、全力での跳躍。

風圧で髪がなびき、あっという間に銅像が僕の前に現れた。

つまりは、ひとっとびで二十メートルの距離を詰め、そして渾身《こんしん》の力で刀を振り下ろす。

「フンっ！」

そしてヌルリと刀が銅像に入って、見事に一刀両断。

ドスンという音と共に、銅像が地面に落ちた。


——良し！


これで文句なしの合格だ！

やっぱり僕の剣術は世界大会でも通用しそうだぞ！

ありがとう、フレイザー兄さんセシリア姉さん！　そしてモーリアさん！

と、僕がガッツポーズを取ったところで——

「馬鹿な……？　本当に像をぶっ壊しただと!?　それも真っ二つに!?」

驚愕《きょうがく》の表情の試験監督に、僕は思わず「えっ！」と言ってしまった。

「壊せば文句なしの合格なんでしょう？」

「それは言葉のアヤだ！」

「言葉のアヤ？」

「この像はアダマンタイト製なんだぞ!?　正式には魔法や魔法剣で変形させる、あるいは傷をつければ合格なんだよ！」

「……つまり？」

「つまり、ぶっ壊せば――文句なしの掛け値なしのとびっきりの合格だ！」

「ちなみに本当にぶっ壊しちゃう生徒はどれくらいいるんですか？」

「そんなことができるのは、過去十年間で一人いたかどうかだっ⁉」

と、僕はそそくさと歩き始めた。

そして、マーリンのところに戻って、僕は動揺しながらこう尋ねたんだ。

「マーリン……僕は剣術はフレイザー兄さんたちに教えてもらった程度なんだけど、どういうことなんだろう？」

「えーっとですね……ご存じないのですかエフタル様？」

「ご存じないとは？」

「フレイザー公爵とモーリア。あの二人……入賞はしていませんが、神聖皇帝御前試合にも国家代表で出ていますよ？」

「ふむ……」

「つまりは、世界でも上位の実力者です」

「……え？　ってことは……」

恐る恐るという風に、僕はざわめくギャラリーたちの言葉に耳を傾けてみた。

『おいおい、何だよアレ？』

『次元が……違う』

『っていうか、今の……魔法剣ですらなかったような気がするんだが』

『さすがにそんなわけないだろ？　そんなことができたら化け物だぜ』

『いや、しかし世界大会にはたまに……歴史を塗り替えるような天才が出るって話だしな』

『アイツがそうだっていうのか⁉』

『待て待て待て！　魔法剣ですらないのにアダマンタイトを叩《たた》き切るって、学生だぞ⁉　どう考えてもおかしいだろ⁉』


いかん。

どうにも少し目立ちすぎたようだ。

と、そこでナオミが僕のところにズカズカと歩いてきたんだよね。

「なるほど、世界大会本選出場は実力で勝ち取ったもののようですね。しかし……貴方も人が悪い」

「人が悪い？」

「隠密《おんみつ》の魔法剣を駆使し、魔法剣にどのような魔法が乗っているかを確認できなくするとは……まあ、その隠密の技量によって、私も最初は騙《だま》されたわけですがね」

その言葉で、僕の頭の中で電流が走った。

いや、もう目立っちゃっても良いっちゃ良いんだ。

だけど、それでもこんなくだらないところで悪目立ちはしたくないというのも本当だ。

と、なると――


――乗るしかない、このビッグウェーブに！


そうして僕は周囲に聞こえるように、オーバーリアクション気味に大声でこう言ってみたんだ。

「さすがは剣神皇の弟子ですね！　いやあ、まいっちゃったなー！　まさか僕の剣技が隠密を駆使した魔法剣だとバレちゃったとはー！」

で、僕は内心ドキドキしながらギャラリーたちの様子をうかがうことにした。すると――

『そ、そうか！　やっぱり魔法剣だったのか！』

『いやあ、まあそりゃあそうだよな。いくらなんでも剣技だけでアダマンタイトをぶった切るなんてよ。そんなの大人の剣士の実力者中の実力者の次元だぜ』
『いや、まあ魔法剣でも滅茶苦茶凄《めちゃくちゃすご》いんですけどね』
『そこはまあ世界大会本選出場者だからな。あの程度ならトップクラスの魔法剣士ならチラホラいるんじゃないか？』
『ともかく、剣神皇の弟子が言うなら間違いない！』

良し、計画通り！

と、僕は再度のガッツポーズを作った。

「ともかく、そちらの最終兵器は貴方ということは理解しました。何しろ――この私をして、まだ実力の底を見させていないのですから」

「まあ、もしも決勝後のエキシビションマッチで当たることがあったら、お互いに怪我《けが》しないようにお手柔らかにね」

そうして僕は右手を差し出した。

だけど、ナオミはそのままくるりと踵《きびす》を返しちゃったんだ。

「コトが終わるまでは、貴方は私の敵となる可能性があります」

「……？」

「ですので――全てが終わるまでは馴《な》れあう気はありませんので」

そのままナオミはポニーテイルをゆさゆさと揺らしながら、会場を後にしていったのだった。

と、まあ――。

そんないつもの感じの、僕と周囲の認識差から生じる『やらかし』で、世界大会が始まったのだった。

まあ、今となっては『やらかし』ても良いっちゃ良いんだけどね。

実力を過剰に隠す必要なんてもうないわけだし。

☆★☆★☆★

その日の夜――。

あれから僕たちは魔術学会の重鎮たちによる世界大会の開始の宣誓式を終えて、フリーになった。

それから僕は、アナスタシアたちの最終調整を終えて、一人街をブラついていたんだよね。

みんなと一緒にいるのも賑《にぎ》やかで楽しくて良い。

だけど、たまには一人で街を歩いて、軽く一杯引っかけて帰りたい時もある。

それは僕の昔からの習慣で、ここ最近は全くそんなことができていない。

そもそも、公爵家にいたころは外にもまともに出られなかったし。

と、まあそんなこんなで事前にチェックしていた良さげな魚料理の店に向かっているというわけだ。

で、一人道を行く僕は背後から声をかけられた。

「君については調べさせてもらったよ、エフタル君」

背後を振り向き、七十代と思われる老人を見て、僕は思わず驚愕の表情を作ってしまった。

「魔術学会……会長ですか？」

「ああ、いかにも」

忘れるはずもない。

なにしろ、昼間の宣誓式で壇上で世界大会開始の宣言をしたその人なんだからね。

「で……僕について調べたとは？」

「少し前から君のことは気になっていた。と、いうのも人間の魔法学院から報告が上がっていたのだよ」

「人間の魔法学院？」

ああ、そういえば……。

僕が最初に試験を受けたのは人間の魔法学院だったか。

「中々に面白い試験結果だったよ。圧倒的な模擬戦での成績に始まり、校内始まって以来の驚天動地の座学試験、そしてマーリン学長との模擬戦……」

「ははは……」と、僕は苦笑いを浮かべることしかできない。

「模擬戦について、レベル10：雷神皇《エフタル》を扱ったというのは、いくらなんでも……それこそ後で出てくる幻影魔術にしてもね。けれど試験の点数はごまかせない。それに――」

「それに？」

「それから先も酷《ひど》い。今の魔法学院の学内選考でも色々とファンタジーな出来事が起きすぎている。まあ、全てが幻影魔術ということで片付いたようだがね」

「ははは……」と、再度僕は苦笑いを浮かべる。

いや、だって実際問題、それしかできないからね。

「どこまでが幻影魔術なのかは知らんが……少なくとも実力は底知れず、不気味と言って良いレベルだ。目立ちたいのか目立ちたくないのか、君が何をしたいのかが分からんよ。マーリン学長の屋敷に住んでいるし、オマケに不死皇との親睦もあるときたもんだ。こんなのは興味を抱くなというほうが無理だろう？」

「まあ……色々ありまして」

「それで、単刀直入に聞くが、君は今後どうするつもりだ？　少なくとも君の今の実力は学院の教官を遥《はる》かに超越し……あるいは魔術学会に名を連ねる資格があるレベルやもしれんとワシは考えている」

「先のことは色々と考えていますよ」

「君という規格外……学生を続けるというわけにもいかんだろう？」

「そりゃあまあ……そうですね」

「君の出自はワシにはわからん。が、間違いなくマギアバースト以前の四百年前から連なる何か……あるいは古代魔法文明の何かという話だろう。そういえば、初代雷神皇の愛人の系譜で……人知れず魔術を磨いてきた一族という話もあったようだが……」

　これはマーリンに最初に話をした作り話だね。

　あの時……こっそり誰かに聞かれちゃってたのかな？

　まあ、そのほうが僕としては都合が良い。

　と、いうのも顔色を見る限り……学会長もおそらくその路線で考えているんだろうね。

「ともかく、君ほどの実力者であれば、富と名声は今すぐにでも手に入るだろう。そこで君に提案がある」

「提案？」

「――魔術学会に入らんかね？」

「魔術学会ですか？」

「ああ、実力を精査する必要はあるが、それなりのポストを用意する準備はある」

「……これが噂《うわさ》の進路決定の前の囲い込みという奴《やつ》ですか？　有望な魔法学生に唾をつけるというのは本当だったようですね」

　僕の問いかけにフルフルと学長は首を左右に振った。

「囲い込みと言えば囲い込みなのだが……今の魔術学会をワシは憂えていてな」

「と、おっしゃると？」

「例えば、四皇の権威も地に落ちた」

「……そういう話は聞きますね」

「ああ、今では実力ではなく学会内の勢力争いの結果として、皇の座が派閥の順番待ちのような状態でな……」

「……」

「あれではマーリン君のような本当の実力者たちの心が、呆《あき》れて離れていくのも良くわかる」

「サーシャ……様にいたっては、ほとんど学会を無視していますからね。まあ、アレは昔からですが、ここ百年は特に酷いとは聞きます」

「昔からサーシャ様を知っているような口をきくのだな？」

　まあ、昔から知ってますからね……とはここでは言えないよね。

　とりあえず、適当に笑ってお茶を濁しておくか。

「で、何を考えているんです？」

「魔術学会自体も、昔は力の象徴であり、一つの軍事勢力だった。それがマギアバースト以来、魔術師の力が弱まり……今では各国の御用聞きが主な仕事だ」

「……それで？」

「昔は古代魔法文明の遺物を管理し、分析不能なダークマター……あるいは危険で制御不能と判断した遺物の封印作業も行っていたことを知っているかね？」

『昔は古代遺跡をアイザックたちと組んで良く荒らしていましたからね。魔術学会に遺物を売り払ってしこたま稼がせてもらいました』と、思わず口に出しそうになってしまうのは……まあ、仕方ない。

「まあ、話には聞いたことがあります」

「今では各国が遺物を好きに所有し、そして戦争に使われることもある」

「戦争に古代文明遺物を使うのは感心しませんね」

「ああ、人には過ぎたる力だよ。制御が利かずに国が一つ消し飛ぶ例すらもいくつもある。そうして、あまつさえ……魔術学会の時代に遺物はほとんど掘りつくされたことから、未踏破領域への進出も各国は考えておるようなのだよ。そうなれば収拾がつかんことになる」

「……」

「遺物管理を魔術学会の手に取り戻す。そのためには力が必要だ。各地に点在するマーリン君やサーシャ様のような本物の魔術師、そして……君のような規格外の存在を私は求めている」

「……なるほど、それが狙いですか」

「既に一部の魔術師はワシの考えに同意し、手も挙げてくれている。どうするかね？　悪いようにはせんぞ？」

しばし僕は考えて、軽くため息をついた。

「悪くはないと思います」

「それでは、君の実力を今すぐにでも精査したい。本当に実力に見合ったポストは用意しよう。まあ、多少は年齢的なことで学会内で揉《も》めるだろうがね」

「いや……」と、僕は魔術学会長の言葉を手で制した。

「ただ、僕は……まだ、魔導の道の半ばなんです」

「魔導の道の……半ば？」

「武の道と言い換えても良いかもしれませんね。井《い》の中《なか》の蛙《かわず》大海を知らずという言葉もありますし、僕よりも力を持っている者は今までたくさん見てきました」

「……」

「幸いなことに僕は若い。まだ、時間はたくさんあるんです。何かをやるとしても、自身の力を最大限に高めてから……今はそう思っています」

「……」

「中途半端ではない、そういう風に僕自身が思えた時、もう一度お誘いいただけるとありがたいですね」

「……なるほどな」

と、そこで学会長は破顔し、年齢相応のお爺《じい》ちゃん……という感じの柔和な笑みを見せた。

「本当に懐かしい」

「懐かしいとおっしゃいますと？」

「三十年も若い頃のワシは、いい年をして世界最強という言葉にあこがれたものじゃからな」

同類か……。

と、思わず僕は笑ってしまった。

まあ、この年にして、恐らくはこの人はマーリン程度の力を保ち続けている。

そのことからも、その言葉には嘘《うそ》はないだろう。

「ともかく、この大会は実力を隠したままで進めるほど甘いものではないぞ？」

「ええ、そういう話ですね」

「君の真の力を見させてもらおう……と、いうよりもワシが見たいのじゃ。これほどの大口を叩《たた》いた少年が、どれほどの力を持っているのか……な」

「はは。まあ——必要であれば僕の力をお見せすることになると思いますよ」

そうして、僕は小さく頷《うなず》き言葉を続けた。

「もう、無駄に隠すつもりもありませんから」

「ああ、是非ともワシを驚かせてくれればありがたい」

「ところで——今回の景品のことでお伺いしたいのですが」

「ふむ、なんだろうか？」

「景品が決まった経緯を教えていただければありがたいです。錬金術の超上級素材という話ですが……」

しばし考えて、学会長はため息をついた。

「いつもなら単純に金銭や……あるいは名誉にふさわしいような魔道具を与えるのだがな、今回に限っては前例にないシロモノが持ち込まれた」

「持ち込まれた？」

「ここ数年で急速に勢力を広げた魔術学会の最大派閥――その筆頭の土の賢者による推薦で、アレに決まったのじゃ」

「土の賢者？　それは一体……？」

「偽名だと本人は言っているが、その名前は……偽名だからこそ聞いて驚くぞ？」

「……教えてください」

「イターム。恐れ多くも初代四皇――土公神皇《どくじんこう》の名前だ」

なるほどね……と、俺は肩をすくめた。

しかし、土公神皇《イターム》……か。

炎神皇《クリフ》がこの時代まで生きていたのが事実である以上、そのセンは……あり得るな。

本物かどうかは知らない。

だが、やはりこの大会自体が俺を誘い出すために仕組まれているってことで間違いないらしい。

と、俺は旧友の名に、深いため息をついたのだった。

☆★☆★☆★

いよいよ始まった魔法学院対抗世界大会。
僕たちは会場の一室……巨大な模擬戦場のような場所に通されたんだ。
広さは二十メートル四方程度で、内装は皆無に等しい武骨なものだった。
「何か……人数少なくない？」
マリアの言葉通りに部屋の中には十六名。
つまりは四チームほどが入れられているという形かな。
世界大会の規模から考えて、人数は明らかに少ない。
それに、船旅の時に見かけたリューシラ魔法学院の生徒たちの姿もない。
で、マリアの疑問に答える形かどうかは知らないけれど――。

　会場に配置されていた審判が「コホン」と咳《せき》ばらいと共に説明を始めた。

「第一次選考はシード校を含め、予選を勝ち抜いた各校によるバトルロイヤル形式となる。端的に言うと、四チームの中から一チームのみが次の選考に上がれるというわけだ」

「……バトルロイヤル形式？」

　シェリルの問いかけに、審判は大きく頷いた。

「他の部屋でも同時刻開始で選考が行われていてな。シード校は前回までの成績から、そして予選を勝ち抜いた者たちは予選の成績で、それぞれの部屋に戦力の偏りのないように各チームが振り分けられているわけだ」

「戦力の偏りとはどういうことでしょうか？」

「例えば、本来であれば優勝・準優勝のチームが同じ部屋に配置されたとして、勝ち上がるのは一チームというのはあまりにも不公平だろう？」

「まあ、そりゃあそうですね」

「なので、シード校及び予選を勝ち抜いたチームにそれぞれ順位をつけ、例えばＡ～Ｆの部屋に上から順番に振り分けるという形になっているわけだ。他に何か質問は？」

　その言葉を最後に特に質問も出なかった。

　そして静まり返るシンとした室内で、審判は懐中時計を取り出したんだ。

「ルールは単純だ。最後に立っていた者が属するチームが次の選考に進出する……それでは九分後に各部屋一斉に選考が開始されるからな」

　そうして僕たちは床に描かれた円――つまりはそれぞれのチームの初期配置に誘導されることになった。

　と、その時、隣のグループからこちらに向けて声がかけられたんだ。

「おい、お前らはマーリン学長のところの生徒だよな？」

「ああ。そうだけど……君たちは？」

「俺たちは前回の七位入賞のマケニア魔法学院だ。しかし、お前らも相手が悪かったな」

「相手が悪い……？」

「お前らのところは前回はベスト8止まり……つまりは序列は俺たちよりも下だ」

「……？」

「まあ、俺たちはお前らなんて眼中に無いわけだが、お前らも勝ち上がりたいだろう？そこで提案がある」

　そうしてマケニア魔法学院の彼は部屋の隅の学生たちを指さした。

「予選突破組のアイツらだが……マジでやべえって噂《うわさ》でよ」

「ふむ……どういうことなんだい？」

「予選突破の成績はダントツの一位なんだよ。例年、ああいったダークホースが上位入賞を決めてくるのは通例なんだ。そこで提案って話だよ」

「提案っていうのは？」

「同盟を組まないか？　俺たちは協力して他校の生徒をブチのめす。そんでもって、残った俺たちは正々堂々の恨みっこ無しでの決闘ってのはどうだ？」

確かに、それだと勝率は高いかもしれない。

それに他の二チームの様子をうかがうに、彼らも似たような相談に入っているようだ。

恐らくは開始まで少しの猶予時間を与えたのも、こういった場外戦を想定してのことなんだろう。

つまりは、与えられた課題に対する柔軟な対応力……そういうことなんだろうけど。

僕としてはこの提案について思うところはある。

でも、この大会って趣旨は学生同士による決闘なんだよね。

四百年前のお爺ちゃんが出しゃばりすぎるのも、やっぱりなんかおかしいのは間違いない。

なので、ここはアナスタシアたちの判断に任せておこうか。

そう思い、アナスタシアたちにアイコンタクトを送ると、彼女は小さく頷いてこう言った。

「申し訳ないんですけど……お断りなんです」

「お断り？」

「貴方《あなた》たちは私たちには絶対に勝てると思って声をかけてきたんですよね？」

「まあ、それはそうだな」

「なら、貴方たちの話にそのまま乗っかるのも戦術的にどうかと思います。仮に貴方たちが本当に私たちより強いのであれば、貴方たちの戦力こそ削らないといけないという話でもありますし……」

そして、マリアがアナスタシアの言葉を続けた。

「そもそも、私たちのことを舐《な》め腐っている相手と組む気はないわ。後ろからブスリと刺されても嫌だしね」

そうして、最後にシェリルがピシャリと言い放った。

「……私たちの目標は決勝のその先――エキシビションマッチにいる。こんなところを単独で抜けられないのであれば、先のステージでは通用しないと見るのが正道」

良くぞ言ったと僕は心の中で拍手をした。

まあ、何事もそれくらいの気概で挑まないと、ダメだろうね。

それはこの子たちの成長という意味でも……もしもコレに乗っていたら、今後について色々と心配になっちゃうし。

「お前ら、後悔すんじゃねーぞ？　おーい、そこの二チーム！　お前らの同盟に俺らも入れてくれ！」

そうして、向こう側の二チームは即答だとばかりに大きく頷いてきた。

これで一対三という形か。

数の上では圧倒的に不利になったわけだけど、はてさて……。

と、そこで審判が「選考開始だ！」との合図と共に、部屋に備え付けられていたドラを鳴らしたのだった。

そして――開始早々、僕たち以外の三チームが一斉にこちらに向けて躍りかかってきた。

「へへ！　俺の誘いを断ったことを後悔しやがれ！」

さっき話しかけてきた男は魔法剣士だったらしい。

チームの先陣を切って、アナスタシアに向けて剣を繰り出してきた。

「うーん……遅いんですよね。秘策を使うまでもないんです」

上段打ち落としを器用に避ける。

続けてアナスタシアは男の股間に向けて模擬剣を一閃《いっせん》。


「うぎょひっ！」


冗談のような悲鳴を男が上げた。

そのまま、男は泡を吹いてその場で倒れこんだんだ。

「えーっと……この人のチームの他の皆さん？　良いんですか？」

「良いとはどういうことだ？」

「こっちは範囲攻撃魔法の準備——終わってますよ？　レベル5：焦熱《ライジング・サン》」

「レベル5だと……っ⁉」

一瞬で彼らは火炎に包まれた。

対抗すべく張られた防御魔法もほとんど意味をなしていない。

その状況を見た審判が、即時に自前での防御魔法を組んで、生徒を守る。

そうして、すぐさまに救護班が駆けつけてきた。

うん、安全対策もバッチリという風にうかがえるね。

まあ、本当に危なそうだったら僕がアナスタシアのレベル5をレジストする予定だったけどさ。

けど、審判の防御魔法の筋はなかなか良いし、救護班の回復魔法もそれなりの程度に見える。

これなら問題ないだろう。

そんなことを思いながらマリアとシェリルの様子をうかがってみる。

すると、既に彼女たちは襲い掛かってきたもう一チームを駆逐した後だった。

「やっぱ、あの和服女が無茶苦茶《むちゃくちゃ》なだけで、私たちって強いわよね……まあ、学生レベルではって話だけど」

パンパンと掌《てのひら》を叩《たた》いて、マリアは残る一チームを睨《にら》みつける。

「……当然。何故《なぜ》なら私たちはエフタルに師事しているのだから」

まあ、実際に僕とかサーシャとかマーリンとかが色々とこの子たちには稽古をつけてるしね。

一番影響が大きかったのは、炎神皇《クリフ》との決戦直前の精神世界での修練だろうけど。

で、残る一チームはさっきの男が「マジでやべえ」と評した予選突破組だ。

はてさて……その成績は予選を第一位通過ということだけど……。

学院も最近できた魔法学院らしく、僕も聞いたことのない名前だった。

つまり、本当の意味で事前情報も何もない……全くのダークホースってことだね。

「さて、決着をつけましょうか」

と、マリアがそう言ったところで、彼らはニヤリと笑って——

——土下座した。

「降参します！　参りました！」

「え？　どういうことなの？」

「そちらの黒髪の人の予選でのエキシビション！　私たち、アレを見てたんですよ！」

「いやー、本当にすごいなー！　やっぱり本選にシードで出る人って違うなーってみんなで感心してたんですよね」

「で、お仲間の人もこれまた強い！　いやはや、これってドン引きって言葉しか出てきません！」

「三チームで一斉にやればワンチャンあるかもとか思ってたんですが、いやはや、これは本当に馬鹿な考えでした！」

　太陽のような笑顔で負けを認める彼らだった。

　そこには――後悔なんかのマイナスの感情は一切見受けられない。

　これは何というか……本当に大会をやり切ったという感じのすがすがしい笑顔だ。

「どうすんのエフタル？」

「まあ、素直に負けを認める……実力差を痛感したうえでの戦略的撤退というのも、一つの正解だしね。ここはありがたく勝ちを譲ってもらおう」

　と、そこで審判が大きく頷《うなず》いた。

「それでは勝者が決定したようだな。あちらのドアから部屋を出るがいい。その先の部屋に、他の勝ち抜いたチームも現れるだろう」

　パチリと審判が指を鳴らすと、入ってきたドアとは反対方向のドアが開いた。

そうして、僕たちは言われたとおりにドアに向かって歩き始めたんだ。

「まあ、こんな感じならエキシビションまでは楽勝っぽいじゃん？」

「はい、あの和服女をギャフンと言わせるまでは私たちは負けられないんです」

そうして、僕たちがドアから外に出ると、そこは控室になっていた。

で……既に先客の三チームがソファーでくつろいでいたんだ。

「私たち……どこかで手間を食ったっけ？」

「いくらなんでもアレより早いって考えられないと思うんですけど」

「……事実としてあの連中のほうが早かったというだけ」

三人の表情には若干の焦りの色が見えたけど、僕は先着していたチームを見て、ニヤリと笑った。

「まあ、楽勝モードで勝ち上がるよりも、こっちのほうが面白そうじゃないか」

☆★☆★☆★

数日前――ナルシス島。

魔術学会総会本部のとある一角。

魔術学会の幹部が集まるサロンでは、十名程度の上級幹部がワインを片手に雑談に興じていた。

「さて、今年の魔法学院対抗世界大会ですが……恒例のアレの締め切り日時となりましたが、皆様方はどう思われます？」

黒ローブを纏《まと》った初老の男の言葉に、隣に座っていた白のローブの老婆が頷いた。

「やはり、リューシラ魔法学院の生徒たちでしょうね。前年度の優勝という経歴からも大本命です」

「私はマトリカ魔法学院の生徒たちを推します」

と、そこで一団の中で一番若い男が口を開いた。

「私は……マーリン学長のアルテナ魔法学院を推しますね。マーリン学長は色々と人騒がせで面白いですし」

「あそこが大会にシードで出始めたのは最近のことでは？」

「まあ、どうせ私の金です。好きなように賭けますよ」

そうして、最初に会話を切り出した黒ローブの男がパンと掌を叩いた。

「それでは胴元はいつものどおりに私ですな。採決を取りましょう」

「リューシラ魔法学院に金貨五千枚」

「マトリカ魔法学院に金貨六千枚」

「リューシラ魔法学院に金貨七千枚」

「私はマトリカ魔法学院に金貨三万枚です」

三万枚と発言した、壮齢の男の言葉に一同がざわめいた。

そして、胴元の男が苦笑いと共に参ったなとばかりに肩をすくめた。

「はは、私のポケットマネーの範囲を超えてしまいましたな。マトリカ魔法学院が優勝でもしようものなら、私は自分の不動産を換金しなければならないようです」

「いやいや、相当貯《た》めこんでいるという話ではありませんか。その程度ではローゼン卿《きょう》の金庫はビクともしないでしょう？」

「それはそうですが、妻に内緒で……となると、難しい金額というものがありましてな」

その言葉で一同に笑いが起きたが、続く……場で一番若い男の言葉で場が凍り付いた。

「マーリン学長のアルテナ魔法学院に金貨五十万枚です」

「ご、ごじゅう……万？」

「賭け金額は青天井なのでしょう？　何か問題が？」

「……これは本当に資産売却までも念頭にいれなければいけませんな。しかしイターム殿……貴方《あなた》は魔術学会で経験が浅く、どこかの国の貴族であるわけでもないのでしょう？」

「はい、そのとおりですが？」

「金貨五十万枚も本当に即金で用意できるのでしょうか？」

「ええ、可能です。何なら明日にでも用意しましょうか？」

「……分かりました」

　そうしてイタームと呼ばれた若い男はパンと掌を叩いた。

「さあ、それでは我々は学生たちの奮闘を見守ろうではありませんか」

「しかし、そう上手《うま》くいきますかな？　イターム殿」

「と、おっしゃると？」

「最初に言っておきますが、私は大会運営の責任者とはツーカーです。貴方の遊びの範囲を大いに逸脱した賭け金を……その上で了承したということですぞ？　今すぐに金額を引っ込めるのであれば……いや、こちらとしてもリスクは背負いたくないので……そうしてほしいのですがね」

「私はマーリン学長のアルテナ魔法学院の優勝に賭ける。さきほどそう言ったのが聞こえていなかったのでしょうか？」

「……分かりました。それでは金貨五十万枚の準備をお願いしますね」

そして数日の後――。

世界大会での予選及び第一次選考でのエフタル一行の活躍の報告を聞いた胴元は、青ざめることになる。

落第賢者の学院無双

～二度転生した最強賢者、400年後の世界を魔剣で無双～

サイド：エフタル

「それでは第二次選考だ。今から諸君にはこの迷宮を走破し、地上の出口に向かってもらう」


今、僕たちは岩の迷宮の中にいる。

ここは山……というか、岩の塔のような独特の外観の岩山だ。

で、気球から僕たちはその頂上付近に降ろされたわけだね。

まずは岩山の頂上に開いている穴から迷宮内部に入る。

そして、しばらく歩いて広場についたところで、第二次選考についての説明を受けたというのがこれまでの経緯《いきさつ》というわけだ。

現在の参加チームは総数二十チームくらいかな？

噂《うわさ》によればここで相当なふるい落としにかけられるらしい。

「ちなみにこの迷宮は冒険者ギルドの管轄で、大人であれば中級冒険者が捜索するような迷宮に分類されるところだ。子供の君たちの選考にこの場所が選ばれたことは誇っていいことだぞ」

試験監督の数も総数二十人。

チームに一名が付きっ切りという形になるってところだろうね。

そして、それぞれが魔術学会が選んだ一流の魔術師たちということだ。

危険があれば当然ながら助けに入ることになっていて、ある程度の安全も担保されている。

ちなみに、試験監督が助けに入った瞬間にそのチームは失格になるらしい。

そうして各チームを担当する試験監督が、それぞれのチームに地図を手渡すとともに説明を引き継いだ。

「この広場から地上へとつながるルートは総数三十五だ。先行するチームが魔物を退治してしまうと難易度に差が生じるため、各々別のルートで走破してもらうことになる」

受け取った地図には冒険者ギルドが作成したと思われる調査結果が記載されていた。

つまりは、魔物の生息分布図やトラップや道中の危険な場所などが記されていたわけだね。

で、僕らが受け取った地図を回して一読したところで、マリアがため息と共に手を挙げた。

「質問があります」

「何だ？　言ってみろ」

「私たちのルートって……本当に中級なんでしょうか？　私には上級冒険者向けに見えるのですが」

　そこで試験監督の目が明らかに泳ぐ。

　そして、一瞬だけ気まずそうな顔をした。

　うーん……これは何かありそうだね。

　と、そんなことを思っていると、続けて試験監督は表情を険しくしてこう言ったんだ。

「君は……冒険者の経験があるのかね？」

「冒険者の経験はありません」

「だったら、何故《なぜ》にそんなことが分かる？」

「エルフの森で育ちましたので……これだけの資料があれば難度や危険度はわかるつもりです」

　言葉を受けて、試験監督はため息とともにこう言った。

「全てのルートが同じ難易度なわけではない。そして……どの学院のチームにどのルートを振り分けるかは大会本部の管轄になるわけだ」

「え……？」

「良く言えば、君たちなら走破可能と思われた。悪く言えば……マーリン学長の学会での権力は皆無に等しい。何しろ一匹狼《いっぴきおおかみ》だからな」

「つまり、それってどういうことでしょうか？」

「魔法学院の学長の属する派閥、そしてその中での立ち位置によって……大会運営からの忖度《そんたく》が働いたということだ」

「そんなの……エコひいきじゃないっ！」

「しかし、今回は三十五の内、難易度が簡単な順に二十のルートを割り振っているわけだ。そうであれば、どのみち誰かがこのルートを進まなければならんわけなんだよ」

「いや、でも……っ！　そんなの納得できません！」

「ともかく、それらも含めての世界大会だ。大人の事情に君たちが巻き込まれるのは理不尽だが、逆境を打ち砕く力を見せるということも重要だぞ」

まあ、ぶっちゃけ無茶苦茶《むちゃくちゃ》言ってるね。

マリアだけでなく他の二人も憤慨しているみたいだけど……。

どうにも、この試験監督の表情がおかしい。

これはただの派閥の権力争いってこと以外にも何かありそうな気がする。

あるいは、三十五の内、難易度が簡単な順に二十のルートを割り振っているという前提からして嘘《うそ》で、ひょっとしたら……。

――三十五の中の一番難しいルートを割り振られた。

そんなことを言われても驚かないくらいに、胡散臭《うさんくさ》さを感じる。

まあ、これは何の証拠もない勘だけど。

ともかく、それを言っても始まらない。

それに、試験監督の言うとおりに逆境を打ち砕く力ってのも大事なのは事実だ。

っていうか、アナスタシアたちにも良い経験になるだろう。

ダンジョンに潜る経験なんて、あんまりさせたこともないしね。

「ところで試験監督？」

「何だ。エフタル学生」

「要は地上に戻ればゴールってことで良いんですよね？」

「ああ、制限時間の二十四時間で下に出ればそれで第二次選考は通過だ」

「外から岩山を見た限り、洞窟内には外壁に出られる場所はいくらかあるんじゃないでしょうか？」

「そのことだが……後で説明しようと思っていたんだが、懸垂下降は禁止だ。それと――」

「それと？」

「飛び降りてからの風魔法でのクッションや落下減速も禁止で、即刻失格となる」

「……なるほど」

最悪の場合はそれで切り抜けようとも思ってはいた。

けれど、そうは問屋が卸してくれないみたいだね。

と、そこで僕はパンと掌《てのひら》を叩いて三人に呼び掛けた。

「ともかく、時間は限られているみたいだから先を急ごう」

「ああ、そうしたほうが良いだろうな。道中、私は命の危険と判断しない限りは一切の手助けをしないから……そのつもりでいてくれ」

☆★☆★☆★

マリアに先導されて道を行く。

道中は確かに……現代の魔法学院の生徒に行かせるには無茶な場所だった。

仮にウチの魔法学院の生徒会の人たちがこの道中を行ったとしよう。

その場合、三分の一もいかないところでジャイアントスネークにやられてリタイアだっただろう。

が、そこはアナスタシアたちは日進月歩で成長を遂げているわけだ。

なので、学生からすると高いレベルの魔法の連打で魔物を焼き払いながら、まるで無人の野を行くような道中だった。

実際、レベル３やレベル４の魔法を使うところまでは試験監督も普通に見ていたんだ。

けど、レベル５を使ったところから空気が変わった。

で、シェリルが最近実用レベルでの試運転を開始したレベル６の魔法を見て――

「はは、これはこれは……とんでもねえ子供たちだ」

と、腰を抜かさんばかりに驚いていたんだよね。

でも、その顔には「ざまあみろ」というような、誰かに対する表情が浮かんでいたので、僕はこう尋ねてみた。

「で、このルートにはやっぱり裏があるんですよね？」

「立場上は答えられない」

「まあ、そりゃそうですよね」

「しかし、ただ一つ言えることは――規格外の子供たちには大人の悪知恵なんて及ばないってことさ。もうこれから先の選考では横槍《よこやり》も入らんだろうし、お前らは気にすることはない」

やっぱり、何らかの悪意が僕たちに向けられてはいるようだ。

この人はなんとなく信用しても良さそうだけど……。

うーん、でも、どうだろうか。

あとは横槍が入らないって言ってるけど、この人の想定外ということもある。

ま、頭の片隅にはそのことを置いたうえで今後の選考でも動いていこうか。

と、そんなことを考えながら歩いていると、地図上でのゴールに近づいてきたんだよね。

「えらくアップダウンの多い道のりだったけど、次の角を曲がれば地上よ」

地図を片手にマリアが薄い胸を張って僕たちを先導する。

懐中時計を取り出して時間を測ってみた。

うん。ジャスト九時間ってところか。

これなら余裕の選考通過ってところだろう。

「しかし、本当にとんでもない子供たちだ。オマケにエフタル学生？」

「何でしょうか？」

「お前に至ってはは剣技しか使っちゃいねえ。お前ら……まだまだ底を見せてないだろ？」

「いや、私たちはもう一杯一杯なんです。ご主人様は化け物だから違いますが」

「ええ、私たちは本当に結構ギリギリよ。まあ、エフタルは化け物だから違うけど」

「……私もレベル6を行使した。一応は今使える最高難度。まあエフタルは……ぶっちゃけ化け物」

人のことを捕まえて、化け物化け物化け物だと連呼するなよな……。

と、僕はとほほんと肩を落とした。

「エフタル学生の化け物っぷりはこの先の決勝まで楽しみにとっておくとして、ともかく、このタイムだと通過一番乗りじゃねーか？」

そんなことを話しながら、僕たちは角を曲がったわけだけど——

「ここって最初の広場……だよね？」

マリアの言葉のとおりに、そこは選考開始の場所だった。

「確かに上り下りが多かったですけど、全然下ってる感じはしなかったんです。でも……いくらなんでもこれは……どういうことなんでしょうマリアさん!?」

と、マリアは地図を広げ、指をなぞってこれまでの行程の確認を始めた。

「道を間違えたなんてことはありえない。エフタル……どう思う？」

「ああ、マリアはそんなヘマはしないだろうし、僕も道中……地図は確認していた。危険なルートを避けた上で、最短を選んだ的確なナビゲートだったと思うよ」

「じゃあ、いったいどうしてこんなことになってんのよ？」

そこでアナスタシアが何かに気づいたように「あっ」と息を吞《の》んだ。

「もともと、このルートって誰かの嫌がらせなんですよね？　だったら……地図自体にも細工を仕掛けられてる可能性もあるんじゃないでしょうか？」

「地図自体が嘘だったってこと？」

驚いた様子のマリアに、僕は小さく頷《うなず》いた。

「ああ。その可能性は高いと思う。正直、ここまでやるかとは思うけど……大丈夫だ。それでもまだ時間はあるから」

「時間はあるっていっても、さっきの道中って曲がり道だらけだったじゃない。まさに迷宮って感じで、地図もなしでどうやって下まで下るの？」

「今回は場外乱闘のようなものだから……ね。僕が剣術縛りを解いて索敵魔法を行使する。少し時間はかかるけど、出口そのものがあるかも含めて一からやれば地図はすぐに作れるさ」

「まあ、確かにウチにはエフタルがいるもんね。ギルドが長い時間をかけて作る地図をすぐに作るなんて……まあ、ちょっと非常識な気はするけど」

「さすがなんですご主人様！」

「……エフタルなら当然のこと」

「おいお前ら……俺には今から地図を作るとか聞こえたんだが正気か？　んなことできるわけねーだろ」

試験監督の言葉はスルーして、僕たちは再度、最初の広場からもう一度さっきのルートに入りなおした。

と、そこに広がる光景に、僕たちは絶句した。

「おいおい……これは……さすがにやっちゃいけないんじゃない？」

見ると、僕たちに割り振られていたルートが落盤していて、道として使い物にならなくなっていた。

爆破魔法か火薬の類かは分からない。

けれど……いくらなんでもこりゃひどい。

意地でも僕たちに第二次選考を通過させないという断固とした強い意志を感じるね。

「試験監督？　この場合はどうなるんでしょうか？」

「落盤は迷宮事故の一つだからな。大会規定上……ありえる障害の一つとして処理される」

「と、なると……」

「ああ、お前たちが地上に出るルートは事実上消えたってことだな」

「なら、他のルートは？　他の生徒たちが使っていないルートなら……」

「それも規定上禁止されている。あくまでも割り振られたルートを行くのがルールだ」

「一つお伺いしたいのですが……貴方《あなた》はこれを仕込んだ相手に対して、どのように思われるので？」

「決まってるだろ！　さすがにこれは俺も容認できん！　ただ……」

「俺が騒ぐにしても後のことだ。お前たちには悪いが……今は力になってやれん。申し訳ないが今回は運がなかったと諦めてもらう他には……」

「ただ？」

っていうことは――。

やっぱり大会運営の関係者の犯行ってので間違いないだろうね。

いや、でも……どうだろう？

魔術学会は冒険者ギルドの管轄の迷宮を借りているわけだ。

と、なると迷宮そのものを損傷するような大掛かりなことができるだろうか？

最初のルート決めはそっち方面で確定だろうけど……。

まあ、考えていても仕方がない。

「なら……アレをやるしかないってことになるか……」

「ん？　アレ？　アレって何なのエフタル？」

「僕としても絶対にこの大会は優勝しなくちゃならないからね」

これはさすがに剣術だけの縛りとか言っている場合じゃない。

っていうか、出し惜しみをしている場合でもない。

そう思い、僕は索敵魔法で地理状況を把握した後、魔力を練り上げてこう言った。

「レベル9：集団空間転移《テレポーターズ》」


レベル9の術式行使。

結果として、僕たちは所在していた空間軸から二十メートルほど真横に飛んだ。

その場所は岩山の外だ。

瞬時に眼前に広がるのは、底抜けの青空と緑と山々。

そして大海原の――


――島を見渡す絶景の大パノラマだ。


「きゃあああああっ！」

「空!?　空!?　今、私たちは空にいるんです!?」

「……紐《ひも》なしバンジー」

「なんっじゃ……こりゃあああああああああ!?」

そして必然的に訪れる自由落下。

五百メートル程度の落下ってところだろうか？

まあ、ものすごい勢いで落ちて行っているのは間違いない。

「死ぬ！　死ぬ！　死ぬからこれえええええ！」

「ご主人様⁉　大丈夫⁉　大丈夫なんですよね⁉　任せて大丈夫なんですよねっ⁉」

「……エフタルに不可能の三文字はない」

残り百メートル。

どんどんと迫りくる地面。

全員の服と髪が風になびいて、顔の肉までが風圧で上方にせりあがっている。

そして残り十メートルに地面が迫ったところで――

「レベル８：反重力《アンチ・グラビティ》」

落下が瞬時にゆるやかなモノとなる。

そうして、そのまま僕たちはゆっくりゆっくりと地面に向かっていく。

で、最終的にはストンと軽い音と共に地面に着地した。

「どうやら僕たちが一番乗りのようですね」

言葉通り、岩山の迷宮からの出入り口と思わしき洞窟が近くに見えたけれど、人影はない。

「やっぱり一番ってのは気持ちが良いわね。まあ……一瞬だけ死ぬかと思ったけどさ」

笑いながらマリアがそう言ってきたところで「待て、待て、待て……待て待て待て待てちょっと待て！」と試験監督の狼狽《ろうばい》する声が聞こえてきた。

「いや、お前な……今……何やった？」

「落下する場合は風魔法が禁止ということなので、他の方法で代用しました」

「レベル9の魔法……そしてレベル8を使ったように俺には見えたんだが？」

「まあ、そういうことになりますね」

「……」

「……」

あー……。

さすがにこれは黙り込んじゃうか。

これは確かにかなり決定的な状況だとは思う。

けれど、僕としても……もうこうなってしまえば仕方がない。

そうして僕が覚悟を決めたところで、試験監督はしばし何かを考えて、深く深くため息をついたんだ。

「さっきの化け物化け物ってのは話半分に聞いてたが、こんなの本当の本当に混じりっけなしの化け物じゃねーか……」

「……」

「立場上、このことは上に報告させてもらうことになるぞ？」

「ええ、それは構いませんが、可能であれば魔術学会長に直接ということで構わないでしようか？」

「お前……学会長とコネがあるのか？」

「コネというか、会ったことはありますね」

あの人ならこの報告を受けても、上手《うま》いこと対処してくれそうな気がするしね。

とはいえ、あくまでも希望的観測というべきものなんだけど。

「……本当に何者なんだよお前は」

そうして、ポンと試験監督は僕の肩を叩《たた》いた。

「まあ、仕方ねーな……。学会長以外の誰にも公言せんことは約束してやるよ」

そのまま、試験監督はニカリと笑って言葉を続けた。

「……お前たちが理不尽に大人から受けた処遇への、俺からのせめてもの罪滅ぼしってことだ」

☆★☆★☆★

と、まあそんなで――。

洞窟探検の試験を終えたその翌日。

予定よりもチームが残りすぎたということから、座学選考が行われることになった。

そうして、座学試験でのふるい落としが行われ、その翌日本選会場の控室に集められた僕たちの前に大会運営本部の人が現れたんだ。

あ、ちなみに座学試験は僕がちょっと本気を出した。

アナスタシアたちも座学の成績は良いし、そこで落とされる心配は最初からなかったわけだね。

「いよいよ残りは四チームになった。それでは最終選考……つまりは世界大会の決勝を行う」

「それで、決勝というのはどんなことを行うんでしょうか？」

僕の質問に運営本部の人は大きく頷《うなず》きこう言った。

「最後はチーム同士の対抗戦だ。勝ち抜き戦を行い、先に大将が負けたチームが終了って話だな。ちなみに決勝トーナメントは公開会場で行われるので、ここからは各自の実力のほどは互いに筒抜けとなるわけだ」

その言葉でマリアはニヤリと笑って、ギュッと拳を固く握りしめた。

「ようやく……ソレらしい選考形式が出てきたじゃないの！」

まあ、確かにこれまでは乱戦形式だったり洞窟探検だったりで、学院対抗って感じではなかったしね。

「それでは厳正なるくじ引きで事前に決定したトーナメント表の発表を行う」

既に色々と嫌がらせを受けているしな……。

と、厳正なるくじ引きってことで少し嫌な予感がした。

そして、はてさて……と思いつつ、発表された内容を見てみる。

うん、今回は嫌がらせの形跡はない。

なにしろ、僕たちのトーナメントの第一試合での対戦相手はリューシラ魔法学院ってなっているんだから。

この子たちは船旅で一緒になっていた子たちだ。

まあ、悪いけれど、半魚人との戦いを見る限り、僕たちなら楽勝だろうね。

ちなみに僕がマークしているのは、乱戦形式の選考で僕たちよりも早く選考を突破した子たちだね。

僕も、剣術縛りをしているという関係上、いきなりあの子たちと当たるのは良くないとは思っている。

——さすがに僕が不覚を取ることはないとは思う。

けど、それでも勝負ごとに万が一ってのはつきものだし……。

ともかく、公開形式というのはありがたい。

これで他のチームが戦っている最中《さなか》、その戦いっぷりから戦力分析が行うことができるわけだしね。

「それでは早速だが、これから決勝トーナメントの第一回戦を行う。試合は勝ち抜き形式で午前と午後での都合三試合。つまり今日一日で全てが終了するからな」

と、そこでリューシラ魔法学院の生徒たちが僕たちのところにやってきて、握手を求めてきた。

「やはり……貴方たちはここまで上がってきましたね」

各々が握手に応じると、彼らはニコリと笑ってこう言ったんだ。

「はは、あの船では私たちは良いところを見せられませんでした」

「まあ、船の時からの縁ですしね。お互い怪我《けが》をしないように健闘しましょう」

「しかし、我々の実力をあの時のことだけで判断すると痛い目を見ますよ？」

「と、おっしゃいますと？」

「貴方《あなた》たちが近接戦闘に秀でていることは既に承知しています。そうであれば……こちらにも戦い方があるということです」

　そう言って、リューシラ魔法学院の生徒たちは不敵な笑みを浮かべ、その場から去っていった。

　そうして、僕は顎に手をやり、しばし思案する。

「……どうしたのエフタル？」

「ねえマリア？　今のあの連中……凄《すご》い自信だったね」

「ええ、そうね」

「……一回戦の先鋒《せんぽう》は僕に任せてくれないだろうか？」

「そりゃあ構わないけど……どうして？」

「理由は……これはトーナメント形式ってことだよ」

「……どういうこと？」

「他のチームの戦力も分からない時点で、こちらの頭数を減らしたくはないってことさ。それに今の自信も気にかかる……。だから、初戦は僕が出て……消耗を最小限にしようってことだよ」

☆★☆★☆★

そうして案内されたのは円形の闘技場。

数千人は入るんじゃないだろうかという設備で、学生が使うにしてはえらく大げさな会場だった。

とはいえ、その収容人数でも魔術学会の人たちや、街の人たちが集まってきていて超満員だったんだけどね。

そのまま、さっきの話のとおりに僕たちの初戦が始まったんだけど——


「何だ!?　何だ何だ何だ!?　こんな化け物がいるとか反則——ぐわらばっ！」


そんな感じで僕は剣術だけでの怒涛《どとう》の四人抜きを達成した。

つまりは、初戦を突破することとなったんだ。

で、そんな僕の戦いを見て、会場は静まり返っていた。

どうやら、かなりセンセーショナルな勝ち方になってしまったようだね。

やはり……僕が今回の人生で身に付けた剣術は凄いんだな……。

と、故郷の兄さん姉さんたちに僕は心の中で感謝の意を送る。

そうして、僕たちは闘技台の上に両校が向き合う形で並べられ、試合後の挨拶をすることになったわけだ。

すると開口一番、リューシラ魔法学院の生徒たちがニコやかにこう語りかけてきた。

「いやあ……すごいですね」

「凄いって何がですか？」

「前回の優勝校である私たちが、まさか剣術だけしか使わない相手に……子供扱いをされるとは……」

と、そこで僕の耳がピクリと動いた。

「え？　何だって？　今、何て言ったんですか？」

「まさか私たちが子供扱いとは……と」

「違う、そこじゃないです。その前に言っていたことです。もう一度言ってくれませんか？」

「前回の優勝校である私たちってところですか？」

小首を傾《かし》げながら、そう言われたんだけど……。

でも……これは……と、僕は胸に一抹の不安を覚える。

――いや、けれど……大丈夫だ。

それは杞憂《きゆう》なはずだ。

だって、事実として彼らは……僕たちよりも早いタイムで乱戦形式の選考を突破したじゃないか。

そう思い、僕は自信に満ちた表情の、選手控席にいる他の二チームの面々に視線を送る。

うん、大丈夫そうだ。

今も彼らは不敵な笑みで、謎めいた強者のオーラを放ってくれている。

「まあ、ともかく私たちに勝ったのですから、是非とも貴方たちには優勝してもらいたいものですね」

「ええ、こちらも全力を尽くしますよ」

そうして僕たちは選手控席に戻って、他の二チームの戦いをうかがうことになったんだ。

☆★☆★☆★

それで決勝トーナメントの残り一戦を観戦して、僕は他のチームの戦力分析を終えたわけなんだけど――

――レ……レベルが……低すぎる……っ！

と、愕然《がくぜん》として、僕はあんぐりと大口を開いてフリーズしてしまっていた。
これじゃあ剣術縛りをしても……縛りになってない。
それに、学生に対するハンデにもなってない。
っていうか、そもそもからしてアナスタシアたちのほうが一枚も二枚も三枚も上手だ。

――これじゃあ僕どころか……彼女たちの経験にすらならないじゃないかっ！

いや、魔術が衰退してたのは知ってたけどさ。
まさかここまでとは……と、ため息すらも出てこない。
理由としては……やっぱり剣神皇の弟子のナオミを先に見ていたから、世界レベルの子供っていうのを勘違いしていたのもあるよね。

けど……どう考えても、やっぱり一つおかしいことがあるんだよね。

それは、乱戦形式の試験で僕たちよりも早く選考を終えた子供たちがいたという事実だ。

と、そこで僕は選手控室にいた大会本部の人——迷宮の時に僕たちについてくれていた人に尋ねてみた。

「今の二チームの戦い……あれは実力なんでしょうか？」

「何でそんなことを聞くんだ？」

周囲に聞かれてもアレなので、僕はコソッと耳打ちしてこう言った。

「レベルが低すぎます」

「まあ、お前からするとそうだろうな」

「でも、あの二チームは乱戦形式の試験の時に、僕たちよりも早く通過したチームのはずなんです」

その言葉を聞いて、大会運営の人は苦虫を噛《か》みつぶしたような表情を作る。

そうして彼も僕に小声で耳打ちをしてきた。

「ああ、そのことな……実はあの試験も仕組まれていてな」

「試験が仕組まれていた？」

「なんせ参加チームの数が数だからな……あの試験はタイムリミットでの足切りもあった

んだよ」

「タイムリミット？　そんなことは聞いてませんよ？」

「お前らに急がれても困るのが上にいたんだよ。で、今回のトーナメント表にしても、実は……最強のチームにお前たちを初戦で当てるように仕組まれていたんだ」

「えっ……!?」

「で、乱戦形式の選考だが――お前たちのところだけ、試験開始が十分程度遅れていたんだよ。普通にやってりゃタイムリミットで失格だ」

「つまり……？」

「本来ならお前たちがぶっちぎりのトップ通過だ。ま、だからこそ前回のような露骨な対応になったわけなんだが」

　さて、どうしよう。

　どうやら、僕は大会に向けて……色々と独り相撲で無駄に身構えまくってたってのが現状らしい。

　そうして、仕方ないので僕はアナスタシアたちを控室の隅に集めて、コホンと咳《せき》ばらいをした後にこう言ったんだ。

「アナスタシア、マリア、シェリル……話を聞いてほしい」

　何だ何だ？

と、ばかりに三人は小さく頷いて、黙って僕の話を聞き始めた。

「実は僕は……今しがた……とんでもない事実に気が付いてしまったんだ」

「とんでもない事実って何なんです？　ご主人様？」

「何なのよエフタル？」

「……気になる。教えてほしい」

「えーっとだね……。この島に来るまで、僕は君たちは世界でもトップクラスの学生だと思っていたんだ」

ふむふむと神妙な面持ちで三人は黙って話を聞いている。

「が、ここに来てからは剣神皇の弟子だったり、乱戦形式の試験だったりで……何だか強そうな子たちもいたわけだ。僕も思ったもんさ……さすがに世界大会ともなると違うんだな……と」

ふむふむ……それで？　と、ばかりに三人は興味深そうに話を聞いている。

「が、どうやら……君たちは……強すぎたようだ。僕の想定の遥《はる》か先をいって、君たちはトップクラスではなく、既に学生レベルではぶっちぎりの技量を持っているということらしい」

僕のその言葉で「何だって！」と、ばかりに三人は大きく目を見開いた。

っていうか、僕の想定の遥か先をいっていたというのも違うよね。

どちらかというと、世界の魔法学生のレベルが僕の想定の遥か下というのが、言葉としては正しいんだけどね。

でも、よくよく考えてみれば……それも当たり前か。

マーリンの学校の生徒たちだって基本的にはエリートなわけだしね。

学内選考でのあの時点から、大幅にアナスタシアたちは力量を上げているわけだし……。

けれど、やっぱりあの乱戦形式の試験のインパクトはデカかったな。

あれで完全に騙《だま》されてしまった。

まさかアレ自体が仕組まれていたとは……。

「っていうことで、君たちには手かせ足かせをハメさせてもらうよ」

パチリと僕は指を鳴らした。

すると、アナスタシアたちの頭の中に、見えない小さな鎖が入っていった。

つまりは、レベル9相当の魔術行使阻害魔法をアナスタシアたちに施したってことだね。

「……これは？」

「魔術縛鎖《ブレインプリズン》。今、君たちは僕の魔法阻害を受けて、レベル3までの魔法しか使えない状態になっている」

「え？　それってどういうこと？」

「他の学院の生徒たちの技量は大体わかった。戦術を誤らなければ……いや、今の君たちができることをやれば、苦戦はするけど勝てない相手はいないよ」

「でも、ご主人様？　どうしてそんなことをするんです？」

「今回の大会を、僕の剣技の修行の一環と考えることは諦めたけど、君たちの経験には良いと思ってね」

「なるほどね……」

と、マリアが言ったところで、話は終わりだとばかりに僕はパンと掌《てのひら》を叩《たた》いた。

「ま、ギリギリの難易度に調整したとは言え、危なくなったら魔法は自身で『ギブアップ！』って心の中で叫べば解除できるので安心してね。けれど、各自、戦術を練って……ギブアップすることなく自身の限界に挑戦してほしい」

☆★☆★☆★

そうして時は流れ――。

決勝戦最終試合が行われる午後になった。

昼食を終えた僕たちは、いよいよ最終決戦の場へと赴くことになったわけだ。

こちらの先鋒《せんぽう》はアナスタシアで、次鋒《じほう》はマリア、そして副将がシェリルで、大将が僕だ。

ま、こちらとしても賞品は絶対に欲しいところだ。

なので、勝ち抜き戦という形式上、最強の布陣となっている。

と、いうのも最終的には僕がストッパーになって、負けることはありえない構成となっているわけだ。

で、「試合開始！」との合図と共に、先鋒のアナスタシアがいつものとおりに奇襲や秘策のオンパレードで相手を翻弄し、最初の試合を先取した。

そして、そのまま続く試合も、やはり卑怯《ひきょう》な手で勝利を収めることになった。

そうして、アナスタシアは三人目と戦って——おそらくは奇襲のタネも尽きたこともあって——良い感じに相手を消耗させたところで、自ら敗北を宣言したんだ。

で、マリアと対峙《たいじ》した対戦相手は、忌々しいとばかりに不機嫌な口調で口を開いた。

「しかしさっきの女……なんて……汚い奴《やつ》なんだ。目つぶしや急所攻撃……レベル３までしか魔法を使えない癖に……」

「やられたほうがアホなのよ」

「本当にお前らは一体全体どうなってやがんだよ！」

で、試合前からマリアの挑発に乗って、対戦相手は頭に血が上った状態になった。

しかも、アナスタシアに消耗させられていたので——結果から言うと、マリアの敵ではなかった。

それで最後の相手の大将が曲者《くせもの》だったんだよね。

と、いうのもこの学生は、実は今回の大会で最大のダークホースだったんだよね。

途中、実はレベル5を扱えることが判明し、マリアはレベル3までしか使えないなりには奮戦したけど……最終的には降参しちゃったんだよ。

彼女としては、途中で僕の魔法阻害を解こうとも考えたようだ。

けれど、今のところ何もしてないシェリルを差し置いて……ということもあり、身を引いた感じだったようだね。

そうして、始まったシェリルと相手の大将戦。

試合開始と共に、シェリルの対戦相手がニヤリと笑ったんだ。

「そっちの副将は……何だ子供じゃねーか？」

「……」

「しかし、お前らは一体何なんだ？　レベル３程度しか扱えない癖に、どうして決勝まで残っているんだ？」

「……」

「確かに午前中の黒髪の男の剣技には舌を巻いたが、他の女は搦《から》め手ばかりで、からっきしじゃねーか」

「……」

「実力が本物なのは大将の男だけで……それも剣技だけの脳筋ってきたもんだ。お前ら……魔法学院と名乗るのをやめて、剣術学院とか奇襲学院とかを名乗ったらどうだ？　少なくとも、俺はお前らみたいな訳のわからん連中に、魔法学院の頂点を名乗らせるつもりはねえからな！」

と、そこでシェリルは対戦相手に向けて、スッと掌をかざして――ポツリと一言こう呟《つぶや》いたんだ。

「……レベル６：火龍激吐《ドラゴンブレス》」

「「何だとおおおおお!?」」

ちなみに叫んだのは対戦相手だけじゃない。

アナスタシアとマリアも、それはそれは驚いたようで一緒になって叫んでいたんだよね。

しかし、さすがはシェリルだ……。

不思議ちゃんなだけでなく、空気を完全に読まずにいきなりぶっ放したね。

「ちょっとちょっとエフタル⁉　どういうことなの⁉」

「シェリルちゃん……どうしてレベル6を使えるんです⁉　まさかご主人様の阻害魔法を……ピンチでもないのにギブアップして外しちゃったんです？」

みんなが驚くのも無理はない。

けど、この子については実はこれが正解なんだ。

とはいえ、言うまでもないことだけど、僕が彼女にかけた魔法阻害を「ギブアップ」で解除したというわけではない。


――つまり、これは……自力での正攻法による魔法阻害解除だ。


実はシェリルであれば、僕の魔術縛鎖《ブレインプリズン》の術式を時間をかければ解除できるだろうと踏んでいたんだよね。

今回の課題についてはアナスタシアであれば搦め手で十分に突破できる。

そして、マリアも総合力の高さから、いくらでも状況に合わせて柔軟に対応できる。

けれど、シェリルは純粋な魔術師だからね。

オマケに子供で非力で近接戦闘の術《すべ》もない。

なので、彼女については「自身の持てる全てを使って僕が仕掛けた魔法阻害の術式を、決勝戦までに独力で解除する」ということが、勝利を掴《つか》むための最適解だったわけだ。

オマケに対戦相手の力量も考慮して、手加減まで施している。

具体的に言うと、大怪我《おおけが》はしない程度にはレベル6魔法の威力も調整していて、対応としてはパーフェクトと言えるだろう。

ま、少し……いや、かなり焦げ臭い状況で、相手は気絶してピクピクと痙攣《けいれん》はしていたけれど。

んでもって、公の場でのレベル6の行使ということで、少し面倒なことになりそうだった。

と、いうのも、貴賓席の魔術学会の重鎮たちが、シェリルに向けて色々な思惑を乗せた視線を送っていたわけなんだよね。

まあ、今の内から唾をつけておこうとか、そういうノリなんだろうけど——。

「それでは魔法学院対抗世界大会の優勝校は——アルテナ魔法学院で決定とするっ！」

ともかく、これで僕たちの優勝が決まった。

あとは剣神皇の弟子たちとのエキシビションマッチを残すのみ……だ。

既に、剣神皇の弟子のナオミの実力が本物であることは確認済みだ。

さすがにアナスタシアたちにとってお遊び気分でいけるのは……ここまでだろう。

――しかし……学生とはいえ世界最高峰か。

本当によくよく考えてみれば色々と感慨深いね。

シェリルは別として、アナスタシアやマリアは最初はてんで大したことなかったんだけど……。

結果としては、努力で色んなことを突破して、今……ここにいる。

これから先、彼女たちが魔術の世界に本格的に身を置くのであれば、ここはあくまでも通過点、いやスタート地点に過ぎないのは間違いない。

けど、やっぱりそれでも、一つの象徴的な出来事ではあるわけだ。

「おめでとう。アナスタシア、マリア、シェリル。ここまで来れたのは間違いなく君たちが頑張った結果だ。良くやったね」

と、僕が心の底からの祝福の気持ちと共にそう言うと、三人は照れ臭そうに笑ったのだった。

剣の神と雷の神と

それから二日後。

シェリルについて、謎の天才少女との名をほしいままにした感じになっていた。

と、いうのもレベル6を放った当然の帰結として、スカウト合戦みたいな感じになったんだよね。

それはもう、世界各国の有力魔術師という有力魔術師が動いたんだ。

つまりは、「ウチに来ないか？」と「ウチに来ないか？」と、次から次に……こちらがうんざりするくらいの熱烈なスカウト加減だった。

が、全て「……興味ない」と、眠たげな瞳で対応していて取り付く島がない感じだった。

ちなみに、アナスタシアとマリアも選考試験の途中経過……迷宮探索や乱戦形式試験の状況は大会運営に把握されていたわけだ。

そのため、彼女たちのところにも少なくない数の人員が押し掛けたが、やはり「興味ない」との言葉で一蹴されていた。

で、シェリルは不思議ちゃんだからいいとして――。

アナスタシアたちのスカウト先は……魔法大学院やら、あるいはそのままの意味で魔術学会の派閥からの直接のオファーで、条件的にも悪くないように僕には見えた。なので――

「どうしてなの？　悪くない話もあったはずだけど……」

と、そういう感じで僕は二人に問いかけてみたんだ。

するとアナスタシアは「私は一生ご主人様の奴隷ですので」と回答し、マリアは「アンタが前に私に約束してくれたことは、これだけじゃまだまだ達成できてないじゃん。言ったからには最後まで責任取りなさいよね……っていうか、アンタの一生をかけて、私を最強魔術師に育て上げなさい」と、そんな感じのことを言っていた。

で、それを聞いた僕は――

――二人とも……ひょっとしてずっと僕から離れるつもりがないのか？

そんなことが頭の片隅をよぎって、眩暈《めまい》がした。

けれど、僕は頭痛の種になりそうだったので、そのことについて深く考えることはやめておいた。

と、まあ、そんなことはさておき。

残す最後の課題である剣神皇とのエキシビションマッチは、魔術学会の総会の終了日ということになっている。

何で最終日かっていうと、元々、今回のイベントは魔法学院対抗世界大会も含め、総会の余興みたいなところもあるわけだ。

なので、そこはエキシビションとの言葉通りに、一連の魔術学会のイベントの締めくくりのお祭り的な感じで盛大に行われるってことらしいね。

で、総会の終了までは十日以上もあるわけだ。

必然的に、僕たちは手持ち無沙汰という感じになってしまったんだよね。

そうしてその日、「面倒くさい」と言いつつも、会議に顔だけは出しているサーシャから僕は呼び出しを受けることになったんだ。

「少し、お使いを頼まれてくれんか？」

呼び出しを受けたサーシャの部屋にたどり着くと、眠たげな瞳でサーシャは開口一番そう切り出してきた。

「お使い……ですか？」

「ああ、我は見ての通りに忙しくての」

見ての通りと言われても、僕には輪切りにしたレモンを顔中に貼って、窓辺で日光浴をしている水着姿のサーシャの姿しか見えないわけだ。

「暇そうに見えますが？」

「いや、会議はちゃんと出ておる。これは息抜きじゃ」

「っていうか日光浴する吸血鬼ってのも前代未聞だと思いますがね」

「つっても、我ってばデイウォーカーじゃからの」

「それは知っていますが……で、お使いっていうのは？」

「お主も知っての通り、この島には生きた古代魔法文明の遺跡があるわけじゃ。学会長の今後の目論《もくろ》見《み》は知っておろう？」

「危険な遺物の回収と封印……ですよね。とはいえ、初代四皇の時代に深層部分の重要な遺物は既に回収済みでしょうに？」

そこでサーシャは軽く息をついて、顔に貼り付けているレモンの輪切りを剝《は》がし始めた。

「セイレーンの歌声……とされてしまったが、リヴァイアサンの一件で、あの声をお主も聞いたじゃろう？」

「ええ、確かにアレは尋常なものではありませんでしたね」

「で、このタイミングで、Ｓランク冒険者による遺跡立ち入り調査の申請が島の公的機関に入って……な」

「Ｓランク冒険者ですか？」

「左様……」とサーシャは小さく頷《うなず》き、言葉を続けた。

「少し引っかかるのじゃよ。この島を選んだのも、景品を選んだのも土公神皇《イターム》と名乗る者という話じゃしの」

「……そのSランク冒険者が土公神皇《イターム》と何らかのつながりがあると？」

「いや、それはないじゃろ。しかし、炎神皇《クリフ》にしろ古代魔法文明の遺跡との関連性は高いわけじゃろ？」

「それはまあ……」

「ともかく、形式上とは言え現在も遺跡の管理は魔術学会の管轄となっておる。そこで条件付きでSランク冒険者たちに立ち入りの許可を出そうと思っておってな」

「条件付きとおっしゃいますと？」

「魔術学会から推薦する者の同行じゃよ。それをお主に頼みたい」

ふむ……と、僕は顎に手をやって思案する。

「……具体的に僕は何をすれば？」

「なあに、ただの遺跡の深層域の調査じゃよ。我の危惧の通りに何か異変があれば対処を考えれば良し。特に何もなければ捨て置けば良し。さらに言うなら冒険者どもに不審な行動があれば咎《とが》めれば良しということじゃ」

「……」

「浮かない顔じゃが……どうしたのじゃ？　どうせお主は暇をしておるのじゃろ？」

「師匠が行けば良いんじゃないですか？　会議に参加していると言っても、どうせ不機嫌そうな顔で何も言わずに座ってるだけでしょ？　僕はこのオフの時間で剣神皇と接触を取ろうと思っていたんですけどね」

「そのことなのじゃが……」

と、サーシャはニカリと笑った。

「実はＳランク冒険者の一団に剣神皇が同行することになっておるのじゃ」

で、そんなやり取りを経て今――。

僕は今、島の地下に広がる広大な地下迷宮を歩いている。

まあ、剣神皇がいないんじゃ街に残っても仕方がないのも事実だ。

それじゃ本当にアナスタシアたちと一緒にショッピング……というか、漠然と島の観光ツアーをすることになるだけだしね。

いや、もちろん魔術の日々の鍛錬はするにしても……だ。

ちなみに、地下の遺跡には島の火山の火口――マグマが煮えたぎる場所の横穴から入ったわけだね。

で、必然的にこの場所はとても暑い。

けれど、そんな灼熱《しゃくねつ》の横穴を歩いていると、次第に熱気はおさまり、やがてはひんやりとした感じになっていった。

「これで熱気も収まって一段落ですね。しかし、剣神皇が同行してくれて本当に助かります」

総数四人いる、Sランク冒険者。

剣士が一人に、重武装の戦士が一人。

それと回復職の神官が一人に魔術師が一人……。

近接が二人で、それを支えるヒーラーと、遠距離アタッカーの魔術師といったオーソドックスな構成となっているようだね。

で、その内の一人が口を開いたのを皮切りに、一団は言葉を交わし始めた。

「本当に頼もしい限りですよ」

「ええ、剣神皇と言えば我々冒険者としても目指すべき到達点の一つなわけですし」

「まあ、魔術師の私としては目指すべきは四皇なんだけどね」

「馬鹿言えお前、今の四皇と言えば政治屋の目指す到達点みたいなもんだろうが」

「それを言ったらおしまいよ。それに私が言ってるのは初代みたいな……本当の実力で決まった偉大な先人の話でね。ともかく、頼りがいのある戦力は大歓迎よ」

その言葉を受け、剣神皇は柔和な笑みを浮かべる。

「まあ、コブ付きですがね」

彼の視線の先にはアナスタシアたちと一戦を交わしたナオミの姿があった。

一同はナオミに視線を向け、その次に僕に訝《いぶか》し気《げ》な視線を送ってきたんだ。

「剣神皇はお弟子さんの育成ということで……ともかく、コブがついていようが足手まといがいようがトータルで大幅なプラスですよ。助かります」

「けど、サーシャ様が推薦したこの子は……ちょっと解せないわね」

うんうんと四人は頷いた。

そして僕の足元から頭のてっぺんまでに、値踏みするような視線を向けてきたんだ。

「魔術師にしては、その身に纏《まと》う魔力はお粗末なものだし……年齢も子供だしね」

「やっぱり本職のお前が見てもそう思うか？　いや、俺も見た瞬間に……見たまんまの普通の学生ってなもんで面食らったもんだ」

「ええ。私もサーシャ様のお墨付きっていうから、何かあると思っていたんだけど……いくら魔力を調べてみても、本当にただの子供みたいで驚いたわ」

その言葉で剣神皇が苦笑し、ナオミが恥ずかし気にまつ毛を伏せた。

まあ、ナオミも初見では僕の魔力隠蔽には気づけなかったしね。

しかし……と僕は思う。

マーリンには遥《はる》かに及ばないのは言うまでもないだろう。

けれど、Ｓランクというだけあって、この女魔術師もそれなりの技量には見える。

恐らく、ちゃんと深く観察していれば僕の隠蔽も見抜けないことはないんじゃないかな。

そのあたりは僕の見た目に騙《だま》されているってことで、完全に油断によるものなんだろうけど……。

と、そんなことを考えていると、剣神皇がフルフルと首を左右に振った。

「いや、彼は非凡な才を持っていると思いますよ。少なくとも私にはサーシャ様が推薦したのも頷けますがね」

その言葉で一同は「いやいや」と首を何度も左右に振った。

「やはり、本当の実力者は腰が低いものなのですね」

「腰が低い？　どういうことでしょうか？」

「こんな子供にすら気を使って……中々できることではありません」

「いや、本当に私は彼の実力は確かだと思いますよ」

重ねてそう発言した剣神皇の言葉を受けて、四人はうさんくさそうに再度僕の顔に視線を送ってきた。

「いや……この子が？　本当に？」

「にわかには信じがたいですが」

疑問の言葉に剣神皇は「やれやれ」とばかりに肩をすくめる。

「まあ、私も正確に実力を測ったわけではないので……Sランクの皆さんの領域で通用するかどうかまでは保証しかねますがね。少なくとも学生の次元は超越している程度のことしか私にもわかりませんし」

「なるほど。あくまでも学生レベルにしては……ということですか」

そうして四人は顔を見合わせて、大きく頷いた。

「サーシャ様の推薦ということだから今までは遠慮していたんだけど……今回の遺跡調査は魔術学会がうるさくてね……。人数制限が厳しいってことで荷物持ちをメンツに組み込めなかったのよね」

ってことでと、四人はニコリと笑ってこう言った。

「荷物持ちをお願いするぞ、少年」

「我々は運命共同体のパーティーだからな。それぞれの実力に見合った役目がある」

「下っ端が雑用や荷物持ちってのは、魔術師も冒険者も同じはずだ」

こういう体育会系のノリだけは、四百年前から変わらないんだよな……。

ガハハと笑いながら重たい荷物を押し付けて来る四人に、僕は深くため息をついた。

「しかし、どうして皆さんは古代魔法文明の遺跡を探索しに来たんですか？　四百年前の時代にこの島の目ぼしい遺物は全て取りつくされたわけですよね？」

「それはお前……アレだ。取りつくしていない遺物が発見されればラッキーってなもんよ」

「どこぞの国に売ればモノによっちゃあ物凄《ものすご》い金額になるしね」

「それに……」

「それに？」

「古代魔法文明の遺跡は超危険地帯で有名なのよ。内部構造調査だけでも一定の功績を残せば、冒険者としてのハクもつくしね」

うーん。

嘘《うそ》をついている様子もない。

どうやら、この人たちは土公神皇《イタ ー ム》との関係はなさそうだね。

なら、僕も迷宮深層の様子をうかがうだけでサーシャのお使いを完遂できそうかな。

あとは適当に剣神皇と親睦を深めて、後で身体能力強化法を聞きやすくする下地は作っておくか。

でも……と僕は思う。

――どうして、剣神皇がこの調査に参加しているんだろうか？

サーシャ曰《いわ》く、Ｓランク冒険者との高難度の仕事をこなすことで、自身の修練になるっていう名目の話だったけど……。

ぶっちゃけ、剣神皇とＳランク冒険者では力の差がありすぎる。

この人たちと何かをしたとして、彼にとって何らかの勉強や刺激になるとも思えない。

そもそも、Ｓランク冒険者と言えば、四百年前に僕も相当に早い段階で稼業からは足を洗ったわけだ。

当時から真の最強クラスのメンツからすれば、目標の前段階のステップアップのための一地点に過ぎないはず……。

と、そんなことを考えていると、Ｓランクの一同の空気が変わり、彼らは身構え始めた。

近接戦闘職は武器を構え、そして魔術師は術式を練り上げ始めるという感じだね。

剣神皇もナオミも周囲の様子をうかがい、剣の柄《つか》に手をやっている。

そして、それはもちろん僕も同じだ。

そうして、一種の緊迫感が漂い始めたそんな中。

女魔術師は、洞穴の奥に視線をやりながら、肩をすくめてこう言ったんだ。

「ま、こういう危険があるから……取りつくされた遺跡は実入りが少ないっていうので敬遠されるだんけどね」

僕たちの視線の先。

そこには下半身が蜘蛛《くも》で、上半身が女の人の魔物がいた。それはつまり――

――アラクネ。

四百年前から、アラクネは上位の強力な魔物として有名だ。

並みの冒険者なら、瞬く間に蜘蛛の糸で雁字搦《がんじがら》めにされて保存食にされてしまうだろう。

「少年とナオミは下がっていろ」

Sランク冒険者のそんな言葉と共に、僕たちは交戦状態に入ったのだった。

☆★☆★☆★

時は遡り、エフタルが古代遺跡に向かう前日。

魔術学会総会の会議の休憩時間に、施設の中庭で二人の男がベンチに腰かけていた。

「ところで金貨四百万枚の支払いはいつでしょうか？　当初の取り決めによるとアルテナ魔術学院のオッズは八倍という話でしたが……ローゼン卿《きょう》？」

若い男の淡々とした口調に、気圧《けお》された風に壮年の男は言葉を詰まらせながらも応じる。

「……不動産を……売却するにしても……時間が……かかるのです」

「つまりは、貴方《あなた》は約束を反故《ほご》にすると？」

「違いますよ。私は待てと……いや、支払額をまけろと言っている」

「……どういうことでしょうか？」

と、そこで壮年の男は開き直ったようにフンと鼻を鳴らし、口調を強いものに一変させた。

「元々、あの賭けは世界大会を使ったお遊びのはずだろう？　そこにあんな馬鹿げた金額を提示するなんて……正気とは思えない」

「それを承知で貴方は賭けを受けたんでしょう？　それも学生相手に大人げなく……嫌がらせまで働いて……ね」

「……そのことなんだがな、そもそもからしておかしいんだよ」

「おかしい？　何がでしょうか？」

「何の前情報もなく、あの学院にあの金額を賭けるなんておかしいんだよ。お前……何か細工をしただろう？」

「細工をしたのは貴方でしょうに」

「どうせお前はお前で、陰から学生を助けたんだろう？　そうだ、そうに決まっている！」

「これはこれは……話になりそうにありませんね……」

「ともかく、俺は絶対に払わんからな。それとも何か？　魔術学会長にでも訴え出るか？　あの人は賭け事は嫌いだぞ？　それに不法な賭博の借金は返さなくてもいいという裁判の例もあるしな……まあ、これは最後の手段として、俺も保険として頭の片隅にとどめていた知識だがな」

「なるほど……貴方はいざとなれば最初から踏み倒すつもりだったと？」

「お前さえ、あんな馬鹿な賭け方をしなければ俺もこんなことは言いださなかったさ。ん？　不満そうな顔をしているが……悔しいのかね？」

「いや、好都合です。貴方がそう来ることは分かっていたので。それと……私があの学院に賭けたのがおかしいとおっしゃいましたよね？　それにはちゃんと理由があるんですよ」

「理由……だと？」

と、そこで何がおかしいのか、若い男は堰《せき》を切ったかのように笑い始めた。

「だって、あそこにはエフタルがいるんですよ？　学生なんかでどうこうできるわけがないでしょう？　はは、はは、ハハハハハハッ！　ハハハハハハッ！」

突然に爆笑を始めた若い男に、壮年の男は訝《いぶか》し気《げ》な視線を送る。

「イターム……殿？」

「これが笑わずにいられますか？　道に落ちた枝で武装する幼児の群れに、怪物の相手をさせるようなものなのですよ？」

そうして、イタームはパチリと指を鳴らすと、壮年の男の瞳はトロンと力を失った。

「何……を……？」

力が失われ、ベンチからズリ落ちそうになる男に、イタームはニヤリと笑ってこう言った。

「支払いのカタに……少し貴方の体をいじらせてもらおうと思います。しかし、困ったものです……。魔導兵器の依《よ》り代《しろ》としても、現代の魔術師は使い物にならない。魔術学会の重鎮レベルでようやく……というところですからね」

「体……いじる……？」

「因果は成立しています。私は炎の彼のようには優しくもなく、そして理不尽なこともしない。そう、物事には全て因果があり、破滅というものは原因の結果として起きるわけです。いや、人が人に不幸を強いるのであれば、そうでなくてはならない」

「だって――」と、イタームは楽し気に言葉を続ける。

「私だってワケも分からず実験動物にされたり拷問されたり、死にたくありません。だから、せめてもの理由は必要なんです。さあ、付いてきてください」

壮年の男の顔から一切の感情が消えうせる。

そうして、イタームが立ち上がり、歩き始めると、男はやはり力を失った瞳のままでその後ろに追随した。

「さて、これでヘカトンケイルに最適な素体も手に入れた……現在の君のその性能の一端を見せてもらいましょうか――エフタル」

サイド：エフタル

「どうしたんだ、浮かない顔をして？」

Ｓランク冒険者たちの活躍で、アラクネは激戦の末に討伐されることとなった。

中々に手こずっていたので、途中、剣神皇が彼らを手助けに入ろうとしたんだけど……。

『ここは私たちだけで十分！』

との言葉と共に、実際に彼らだけでアラクネを討伐することとなった。

強力な魔物を倒したことで彼らはご満悦だったが、僕としてはため息をつくしかない。

「これが超一流の武人……Ｓランク冒険者か」

でも、剣神皇の弟子であるナオミは、僕のような諦観ではなく、感嘆のため息をついていたんだよね。

確かにアラクネは高位の魔物ではあるんだけど……。

それは並みの冒険者にとっては危険という意味で、決して最上位の魔物というわけではない。

無論、四百年前にＳランクに分類されていたような強者であれば、さっきみたいに泥仕合的に手こずることは断じてないはずなんだ。

――これが……今のSランク冒険者か。

と、そう考えると、やはり僕はため息をつくしかない状況となってしまう。

「剣神皇は……どう思いますか？」

そう問いかけると、剣神皇は何とも言えない表情で肩をすくめた。

「ナオミの領域からすれば彼らは超一流に見えるし、事実、彼らは一流であることは間違いないでしょう」

それから、「ただし」と、剣神皇は言葉を続けた。

「改善の余地は多々あるように……そう見えますが」

その言葉を聞いて、一同はバツが悪そうに恥ずかし気に笑みを浮かべた。

「さすがは剣神皇、手厳しいですね」

「しかし、貴方にかかればほとんど全ての人間が未熟者にされてしまいますしな」

「ちなみに、私の魔法はどう思いました？」

「まあ、私は魔法のことはよくわからないので、魔術師さんについてはノーコメントですが……ね」

「さすがの私も門外漢に偉そうに言われれば、少しは腹も立ってたからノーコメントで正解と思いますよ。ま、この子の関係者のマーリン学長やサーシャ様なら別ですけどね……」

と、女魔術師は僕にウインクをしてきた。

「ちなみに、僕が貴女《あなた》に偉そうなことを言ったらどう思います？」

「速攻でぶっ飛ばすわ」

と、その言葉で興が乗ったという風に、剣神皇が僕にこう尋ねてきた。

「さっきも言いましたが、この子は魔法剣士として非凡な力を持っているフシがあるんですよね。それでは、魔法剣の専門家としてはこの冒険者の皆さんをどう思いますか、エフタル君？」

「……僕はノーコメントということで」

　無駄にぶっ飛ばされたくもないしね。

　まさかレベルが低くて落胆したという、本当のことを言うわけにもいかない。

　すると、女魔術師がおどけた様子で笑いながら、僕の肩をバンバンと叩《たた》いてきた。

「まあ、凄《すご》すぎて良くわかんなかったって……素直に本当のことを言えば、可愛《かわい》いお子様として、お姉さんやお兄さんたちに大事に扱ってもらえるかもよ？」

　ニカリと笑って女魔術師がそう言うと、他の連中もガハハと笑い始めた。

「しかし、剣神皇のお言葉とはいえ、非凡な力だなんて……あんまり子供を過剰に褒めるのは感心しませんな」

「ええ、同感です。そりゃあ、サーシャ様の推薦ということだから、将来的にはすごい大人になるかもしれませんが……」

と、そこで冒険者たちの中の一人が、パンと掌《てのひら》を叩いた。

「気にかかることがあるので雑談はそれくらいにしておこうか。しかし、ここでアラクネが出てくるのは想定外だ。俺たちの調査予定の遺跡深部はまだまだ先だろう？」

「ええ、確かにおかしいわね……。まあ、変わり者が浅い領域に出てきたってことなら、そう珍しくもないことだけど……、用心にこしたことはないわ」

その言葉で一同に緊張感が走った。

魔術師は索敵系の魔法を起動させ、近接職や回復職にしても周囲の警戒を強めたように見える。

で、剣神皇は僕と同感のようで、洞窟の奥を睨《にら》みつけて首を左右に振った。

「今回の調査ですが……嫌な予感がします。可能であれば取りやめたほうが良いような気も……」

「突然何をおっしゃるんですか？　何か根拠でもあるのでしょうか？」

「私は索敵魔法の術《すべ》は持ち合わせておりません。ですが……先読みのために感覚を常に磨いている関係からか、こういう時の私の言うことは……まず外れません」

「結局は勘っていうことですか？　だったらそれは聞けない相談ですね。我々もかなり前から今回の調査計画を練っていて、申請やら何やらで時間も労力もかけているんです」

ま、僕の索敵でも、状況はグレーゾーンってところかな。

――ここから少し先の遺跡の中層領域の状況が妙に騒がしい。

古代遺跡特有の索敵阻害の影響で、今はその程度のことしか分からないからね。

そうして、Sランク冒険者たちの反発を買った剣神皇は「やれやれ」と肩をすくめた。

「……ならば、最大限の注意を払って先へ進みましょう」

☆★☆★☆★

「しかし、本当に魔物が多いな」

「ジャイアントスネークが異常発生でもしているのかしらね？」

迷宮中層域に差し掛かる直前。

既に二十を超えるジャイアントスネークの群れの屍《しかばね》を越えて、僕たちはここにいるわけなんだけど――

「ジャイアントスネークっていえば、中層域の食物連鎖の最下層よね？　捕食者のケーブドラゴンの群れでも、この先で暴れているのかしら？」

「追われて浅い階層にまで、ジャイアントスネークが逃げてきていると？　確かこの曲がり角の先――中層域は大広間だったよな？」

「もしもケーブドラゴンの群れが暴れているとしたら、蜂の巣を突《つつ》いたような騒ぎになっているはず……ね」

「どうする？　引き返すか？」

「冗談はよしてよ。ケーブドラゴンにしても龍《りゅう》ではなく、知能を持たないただの竜……所詮はただのデッカイトカゲでしょ？　そりゃあ十体もいれば多少は危険だけれど」

ちなみにスヴェトラーナは龍に属しているわけで、実際に龍と竜は違う。

もしもスヴェトラーナを面と向かって竜扱いする人がいたとしよう。

その場合、瞬時に「馬鹿にするな」と黒焦げにされてしまうことは想像に難くない。

と、それはさておき――。

そうして僕たちは曲がり角を曲がり、半径一キロ以上の……巨大な地下ドームと言えるような空間にたどり着いたんだ。

「な、なんて……なんてことなの？」

　そこでは、無数の魔物の軀《からだ》がそこかしこに転がっていた。

　ジャイアントスネークの死骸は数百、そしてケーブドラゴンの死骸も数十の単位に見える。

　そうして、ただただ呆然《ぼうぜん》という感じで、女魔術師はその場で絶望の表情で立ちすくんでいたんだ。

「ケーブドラゴンの群れが暴れているどころの騒ぎじゃないわ……あれは……アレは……」

　女魔術師の視線の先。

　そこには十メートルの巨体。

　四対の左右の腕に――三つの頭の巨人が暴れていた。

　その巨人は竜の巨体を投げ飛ばし、あまつさえ膂力《りょりょく》だけで、その固いウロコに覆われた体を引きちぎっていた。

　返り血で血まみれになって殺戮《さつりく》を行う――その魔物の名前はヘカトンケイル。

　いや、これは古代魔法文明の時代に作られた生物だ。

　人造の生物兵器を相手に、魔物と言って良いかどうかは諸説あるところだけれど……ね。

「今すぐに退避だ。あんなのがいるなんて俺たちは聞いちゃいねえ！」

「剣神皇！　奴《やつ》はこちらにはまだ気が付いていません！　今すぐに退避しましょう！」

「いや、遅いです」「もう手遅れですね」


僕と剣神皇は同時に言葉を発し、そして同時に左右に分かれて飛んだ。

そうして逃げ遅れたSランク冒険者たちとナオミは、その場で金縛りのように固まってしまった。

「……緊縛の魔眼ですね。剣神皇」

「ええ、エフタル君。石化の魔眼より効果そのもののタチは良いですが、その分……小さな魔力消費で魔力抵抗を突き破る性質を持ちます」

さて……。

楽に勝てる相手とは思えない。

けど……どうしたもんかな。

と、そこで、やはり同時に、僕と剣神皇は腰から剣を抜いたんだ。

「エフタル君？　君はアレが何かご存じでしょうか？」

「ええ。古代魔法文明の遺物……生物兵器のヘカトンケイルですね」

☆★☆★☆★

巨人と対峙《たいじ》した僕たち二人。

まずは先制攻撃だとばかりに、左右からの同時攻撃で、その腕を一本ずつ切り落とした。

と、ボトリと落下音を聞くと同時――。

二人同じくバックステップで距離を取って、互いに顔を見合わせた。

「……やはり、これは良くないですねエフタル君」

僕たちは初手にヒット&アウェイ戦法を決め込んだわけだ。

つまりは様子見なんだけど、そうしたのには理由がある。

それは――。

最初に、自身の頭の中にあるヘカトンケイルの情報と、実際の状態が一致するかどうかを試したかったからだ。

と、いうのも、ヘカトンケイルという生物。

その戦闘能力そのものは、前回に出会ったリヴァイアサンほどには高くはない。

まず、大きさからして十分の一のサイズだ。

その分単純な力も低くなっているのは当たり前の話だよね。

けれど、決してこの生物は、リヴァイアサンよりも厄介でないわけではない。

そうして、様子見を決め込んでいる僕たちの視線の先では、想定通りの最悪の現象が起きることになった。

「剣神皇。ヘカトンケイルの腕が瞬時に再生しました。いや、新しく生えてきたというほうが正しいでしょうか」

「そうですね、エフタル君」

二人で小さく頷《うなず》き、僕は思案を始める。

そう。ヘカトンケイルは、異常な再生能力を誇っているんだ。

それがヘカトンケイルの兵器としての最大の特徴であり、強みでもある。

その再生力は、たとえ細切れにしたとしても瞬時に元通りの姿に戻ってしまう。

と……、そう言われているほどに強烈なものだ。

ちなみにその回復能力は僕の完全回復魔法ともまた違うシロモノだ。

そこで重要なことは、この手の生物には魔術的な回復封じの手段は、大抵の場合は意味をなさないということだね。

何故《なぜ》なら、あの再生は魔術的な活動の結果で起きるわけではない。

元々……生物の機能として、そういう風にデザインされて造られたわけだからね。

「ヘカトンケイルの対処法はご存じでしょうかエフタル君？」

「文献の記憶で申し訳ありませんが、体の中に核が二つあるはずです。それを同時に潰せば……恐らくは」

「ふふ、しかし、本当に君は一体何者ですか？」

「と、おっしゃると？」

「古代魔法文明の作り出した生物兵器の対処法に通じるなんて……。そんなことはそこらのSランク冒険者でも知りませんよ？　そもそもからして、たとえ武の道に生きる者であったとしても、そんなものと出会うという想定は最初からないんですから」

「まあ、そのあたりは……色々とね」

「本当に底が知れないですね、君は」

「ともかく、どうやってアレを倒します？　僕たちが逃げるだけなら簡単でしょうが……」

「ええ、緊縛の魔眼で人質を取られているようなものですからね。逃げの一手は打てません。故に――」

そうして、力強い眼差《まなざ》しと共に剣神皇は大きく頷いたんだ。

「二つを同時に潰す必要があります。私が一つで君が一つ――できますか、エフタル君？」

　と、そこで緊迫の魔眼で動けない一行のところから、猛烈な速度で一人の少女が跳躍してきた。

「ナオミ？　どうして君が動けているんだい？」

　僕の問いかけにナオミは小さく頷きこう言った。

「普段から魔力抵抗を上げるような訓練を受けているし、我が師より呪いや弱体化魔法に対抗する魔道具も多数譲り受けている」

　なるほどね。

　確かに剣術屋にとっては、そういう搦《から》め手は最も警戒すべき事象の一つだろう。

「我が師よ！　話は伺いました！　そういうことであれば、私が……師と共にあの魔物を討滅いたしましょう！」

　と、ナオミの言葉を受けた剣神皇は、首を左右に振ってピシャリと言い放った。

「ナオミ、君では無理です」

「……え？」

「核はヘカトンケイルの肉体内部を自在に動き、攻撃のタイミングには刹那の見切りが要求されます。故に、速度が足りない、膂力が足りない、剣技が未熟――そして身体能力強化も未熟なナオミでは不可能なのですよ」

「そ、それでは、エフタル殿であれば水準を満たしていると⁉」

「剣技が未熟であることを除けば、条件には適していると思います。そして、彼には剣技の未熟を補う魔法剣があります」

「私では……任せられないと？　エフタル殿ならそれができると、本当にそうおっしゃるのですか？」

「身の程を知る。それが己《おの》が命を危険から遠ざける最適解を導く手段だと、そう最初に教えたはずです。まあ、エフタル君にしても可能性があるという話で……できるとは断言できませんがね」

　そうして、悔し気にナオミは僕に視線を向けてきた。

「エフタル殿は……ご自身でできると思われるのですか？　その自信があると言うのですか？」

「まあ、善処はしようと思うよ」

　最悪の場合は、レベル10魔法をぶっ放して、核ごと消し去るという方法もあるしね。

「しかし、これは本当に難儀ですねエフタル君。いかに君が神童の魔法剣士とは言え、やはり剣技が未熟なとおり……君は子供でもあるのです」

「……」

「それこそ、ここにわが師であるブレイトでもいれば、可能性は百でしたでしょうが……」

「けれど、どの道、この場でそれができる可能性を持っているのは、僕しかいないってことなんですよね？」

「その通りです。しかし恐らく、可能性は十の内三か……多く見積もっても四というところでしょう。しかも恐らくは初回が最後のチャンスです。ヘカトンケイルもこちらの狙いが分かれば核を移動させ、難易度もさらに上がるでしょうしね」

「……」

「そうなれば無限に回復を続ける相手に、消耗戦を仕掛けても意味がない。冒険者の皆さんを見捨てるという選択肢も現実味を帯びてくるのです」

そうして、剣神皇は僕の肩をポンと叩《たた》いた。

「最初の一回で決めなければ終わりという緊張感をもってください。しかし、悲観することなく自分にならできると強く思い、冷静に滞りなく、十全に自身の力を発揮して遂行してください」

「ええ、分かりました」

確かに剣神皇の言う通り、魔法剣士としての僕では一回こっきりの勝負になるだろう。

――しかし、僕にやれるか？　剣神皇をして、ここまで断言させるような難易度を本当に……剣だけでできるのか？

とにかくやってみないことには始まらない。

と、そこで僕と剣神皇は、阿吽《あうん》の呼吸でヘカトンケイルへと向けて同時に駆け出した。

そうして、ヘカトンケイルの無数の拳をかいくぐり、剣を振るうこと数回。

その腕の全てを切り落としたところで、気合の咆哮《ほうこう》と共に剣神皇が正面からヘカトンケイルの胸へと向けて飛び上がった。

ヘカトンケイルの動きや体内の魔力循環から、核の場所は剣神皇の見立て通りに心臓と……そしてこれから僕が向かう頭だろう。

剣神皇が飛び上がるのとほぼ同時、ヘカトンケイルの背後に回った僕は、その頭部に向けて跳躍する。


「――ここだっ！」


核の場所を捕捉し、狙いすました形で僕は剣を振り下ろそうとした。

と、その時――僕はヘカトンケイルの頭の中に、微弱な魔力の流れを感じ取ったんだ。

核の場所が……動いている？

いや、さらに言えば核の位置が複数あるような……？

これは……囮《デコイ》ってことなのか？

いや、考えてみればそれはそうか。

自身の弱点を補強する手段がないなんて、そんな都合の良いことがあるわけがない。

さて、どうするか。

そんなことを考えていると、ヘカトンケイルの正面——剣神皇が斬りつけた心臓部分から大きな魔力反応の喪失を僕は感じ取った。

向こうも条件は同じはずだ。

けれど、剣神皇が僕よりも魔力察知に長《た》けていることなんて、さすがにそれはあり得ないだろう。

これはおそらく……。

近接戦闘者が有する、特有の戦闘感覚——平たく言えば第六感で、囮《デコイ》と本物を見分けたということだろう。

が、こちらはそんな器用なことはできはしない。

複数の標的の中に、真実は一つ。同時に刃物で斬りつけるなんてこともできない。

そして、チャンスは一度きり。

——なら、どうするか？

答えはシンプルで、やはりこうするしかないんだろうね。

「レベル7魔法剣：雷龍撃《ドラグズサンダー》っ！」

剣で斬るならピンポイントで的確に囮《デコイ》と本物を見分ける必要がある。

そして、それができないならば――高威力の魔法を乗せた魔法剣で広範囲に焼き切るだけだ！

振り下ろされた剣が頭部に突き刺さる。

そして、轟《とどろ》く雷鳴。

頭のおおよそ三分の一に強度の局所電流を受けた影響か、ヘカトンケイルの頭部から湯気が上がる。

そのまま、巨人は地面へゆっくりと崩れ落ちるように膝をついた。

そして、ドシィ――ンと、重低音と共に崩れ落ちる。

そうして、しばしの間、巨人は電気を原因とする痙攣《けいれん》を続け、やがて完全に沈黙した。

「考えましたねエフタル君！　線を切るのではなく面を叩く……まさか、あの核を守る魔術防壁を突破するほどの魔法剣を行使するとは……」

心底驚いたという風に剣神皇は言葉を続けた。

「それはレベル7の魔法剣……ですよね？」

「ええ、そういうことになりますね」

「……ふふ、はは……っ！　ははははっ！　いやはや、君は本当にどこまでの神童なんですか？」

「どういうことでしょうか？　剣神皇は僕の実力を……ある程度分かっていたのでは？」

「いや、底が知れないとは思っていましたが、まさかレベル７を扱うだなんてね。せいぜいがレベル５……いや、６程度と思っていましたよ」

まあ、レベル７の魔法剣は四百年前当時でも使える人は少なかったしね。

と、そこで僕は、向こうからドサリと床に膝をついたような音を聞き、何事だとばかりに視線を向ける。

「レ、レ……レベル７の魔法剣……？　本当にエフタル殿は世界最高峰の……そんな超越した魔法剣士の実力を持っていると言うのですか？」

続けざま、向こうのほうから再度……複数のドサリと腰を抜かして、尻餅をついたような音が響いてきた。

「な……な……何だ……このガキは……？」

「今……レベル７の魔法剣を使ったように見えたが……？」

「剣技もアンタと同じ……いいえ、それ以上に見えたわ」

「ば……化け物……神童を通り越して化け物じゃないか……。あの子は……不死皇が秘蔵している秘密兵器か何かだというのか⁉」

と、まあ——。

腰を抜かして口をパクパクさせている四人に、僕は苦笑する。

「しかし、その年で、本当に魔法剣士として究極に近い形で完成されているとは……ね。さすがに剣士としてすぐに私を越えるとは思えませんが、魔法剣士としての貴方《あなた》なら総合力ですぐに私を越えるでしょう」

「我が師をして、そこまで言わしめるとは……エフタル殿とはそこまでの実力者なのですか？」

「ええ、ナオミ。世の中には……時に理解の範囲を超えた規格外というものはいるのです」

そうして、剣神皇はニコリと笑って僕の肩をポンと叩いてきた。

「しかし、君なら……魔法剣士ではなく魔術師を目指していたとしても凄《すご》いことになっていたでしょうね」

いや、そう言われても、僕はバリバリの魔術師なんだけどね。

まあ、それを今、この場で話しても仕方ないけど。

「ともかく、エキシビションマッチは勝ち抜き形式ではなくて良かったですよ」

「と、おっしゃると？」

「もしも勝ち抜き戦であれば、ウチの弟子は全て君一人にコテンパンにやられていたでしょうから。私の見立てでは……魔法剣士としての君は、既に私の足元程度には達していると言っても過言ではないでしょう」

剣神皇は、そう言いながら僕に向けて握手を求めるように右手を差し出してきた。

「と、いうことで正々堂々とよろしくお願いしますよエフタル君」

剣神皇は名残惜しそうに、迷宮深部へと続く横穴に一瞬だけ視線を向ける。

そして、すぐに気を取り直したかのように、冒険者たちに向けてパンと掌《てのひら》を鳴らした。

「これ以上は危険です。ここで調査は中止としましょう」

☆★☆★☆★

剣神皇の率いる弟子チームとのエキシビションマッチ。

その開催まで、残すところ九日となった。

スケジュール的な話をすると、その後、魔術学会の総会を見学したりしながら、船の定期便の到着を待ち、僕たちは六日ほど島に留《とど》まることになっている。

まあ、残りざっくり二週間ほどこの島に滞在することになるわけだね。

そうして、元々いた魔法学院に優勝チームとして凱旋《がいせん》することになるわけだけど——。

日課の自身の修練を終えてから、僕はアナスタシアたちの自主トレの監修をして、それからみんなで街に繰り出したんだよね。

と、そこで僕たちはナオミと出会ったんだ。

「貴方が超一流の魔法剣士ということは理解しました……そこでお願いがあります」

面倒《めんどう》そうなことに——。

彼女は道に膝をつき、土下座の体勢で頭を下げていたわけだ。

「いや、頭を上げてよ。そんな土下座なんて……」

「まずはこれまでの非礼の謝罪を……と思いましてね。これまでの数々の、貴方の実力に対する無知と嘲り……全くもって謝罪の言葉もありません」

「いやいや、それは僕が実力を目立たないようにしてたのも悪いんだしさ」

と、そこでナオミは突然に胸に手をやり、服の前をはだけさせた。

「はてな？」と、あまりの事態に僕はフリーズし……必然的に、ぷるんと大きな胸が、眼《め》に入ることになったんだ。

ちなみに、胸の先の大事な部分はサラシのおかげでギリギリ見えていない。

が、かなりきわどいラインなのは間違いない。

「えーっと……どういうことなのかな？」

「謝罪の言葉がない以上、私に示せる誠意は……体で謝罪することくらいで──」

「待て待て待て！　ちょっと待って！」

何やら思いつめた感じのナオミは、頰《ほお》を軽く朱色に染めてボソリとつぶやいた。


「これでも私は体には自信があります……」


「そういう問題じゃないから！」

「ならば、黒髪の女がお気に召さないと？　私はこの島の生まれですが、家系的には東方の種族の血が濃いので……そこは自身ではどうしようもありません！」

「だから、そういう問題じゃないんだって！」

「では、どこに問題が？」

いや、問題しかないって普通に考えれば分かるよね？

そうして、僕が恐る恐るという感じで周囲の様子をうかがうと、案の定アナスタシアたちが鬼神の表情となっていた。

「ご主人様！　そういう欲求があるのであれば、私に教えてほしいんです！　そのために奴隷がいるみたいなところはあるんですから！」

「ちょっとエフタル⁉　アンタ……まさかこの短期間で、また新しい女を落としたのっ⁉」

「……モテるのは良い。それに浮気も良いが……本気になると私は怒る」

ああ、予想通りの感じになってしまっているぞ。

いや、でも……何で僕は弟子に怒られているんだろうか。

普通に考えて僕は今、恋愛的な意味ではフリーのはずなんだけど……。

まあ、四百年前のブリジットの話とかは、この際……横に置いておくとしての話だけどさ。

あと、シェリルに至っては完全に嫁気取りだ。

けど、残念ながら、嫁気取りをするには……さすがに幼すぎるだろうに。

いや、アナスタシアやマリアならオッケーとか、そういうことでもないんだけどね。

「で、謝罪なんてどうでも良いからさ。お願いっていうのはどういうことなんだい？」

そこでナオミはバツが悪そうな顔を作り、再度深々と頭を下げた。

「まことに申し訳ありませんが……エキシビションマッチで負けていただきたいのです」

「ふ……む……。とりあえず頭を上げてよ、どういうことなの？」

表情を見る限りは真剣そのもので、そこには悪意の欠片《かけら》も感じられない。

何やら、やむにやまれぬ事情があるみたいな感じだけど、どういうことなんだろうか？

「結論としてはワザと負けるようなことはできないとは思うけど……本当にどういうこと？」

「私たちはエキシビションマッチにおける景品を欲しているのです。剣神皇が今回、魔術学会からの要請を受けて私たち――弟子を参加させることを快諾したのもそれが理由です」

「……景品？」

「ええ、それは魔神の魂魄《こんぱく》と呼ばれるもので、ある目的のためにそれが必要なのです。先日……私と師が遺跡調査に同行したのもその一環となりますね」

と、僕はナオミに立ち上がるように促し、僕たちが泊っている宿のほうを指さした。

「込み入った話になりそうだし、話の中身にも興味がある」

「どちらに向かわれるので？」

「僕たちが泊っている宿だよ。そこでじっくりと話をしよう」

その言葉でナオミは大きく頷《うなず》き、そして――若干恥ずかし気にこう言った。

「私もタダで負けてもらおうとは思っていません。ならば、宿に向かうことは好都合です」

「ふむ、どういうことなんだい？」

「――さすがに衆目の前で抱かれるよりは、室内のほうが都合が良いということです。しかし、宿でじっくりと私を抱く以上は……必ず負けてもらいますので！」

「だから、そういう話じゃないから！」

と、まあそんなこんなで――。

僕は若干……いや、かなりの残念臭をナオミに感じつつ、宿へと向かったのだった。

ちなみに、アナスタシアたちは怒りのあまりに僕と口をきいてくれなくて、宿への道中は終始無言という感じになってしまった。

☆★☆★☆★

「剣神皇――その師である武神が魔王軍の残党狩りをしているのはご存じですよね？」

宿の人に人数分のお茶を用意してもらったところで、ナオミが神妙な面持ちでそう話を切り出した。

「ああ、そういう話だったと記憶している」

「十年ほど前……武神はこの島を訪れ、魔王軍の残党狩りを行いました。そして彼は魔王と深く関連するという古代魔法文明の遺跡にも興味があったようで、その一環でこの地の――」

と、僕は一旦ナオミに話を止めるように手で制した。

ここでも魔法文明の遺跡の話が出てくるわけ……か。

どうやら、思ったよりも今回の一連の話は、古代魔法文明と密接に関連しているのかもしれない。

「良いよ、話を続けて」

「ええ、それで彼はこの島に長く伝わる秘密へとたどり着いたのです」

「……秘密？」

「火山の守り人――この島の自治を行う為政者の集団ですね」

「ふむ……詳しく聞かせてほしい」

「もともと、この島の遺跡は近海で眠っている、とある魔導生物兵器を管理するための施設でした。そして火山の守り人は口伝にて伝わる方法で生物兵器を管理していたのです」

「……遺物管理ってこと？」

「そんな大それたことではありません。ただ、眠りについている魔導生物兵器を大人しく眠らせ続けるだけの……そんな役目です」

「ちなみに、その生物兵器ってのはどんなシロモノなんだい？」

「かつて、一度だけその生物兵器が眠りから不完全に覚めたことがありました。古代遺跡に眠る多くの兵器と同じく、ソレは制御を失い……根っこのところに受けている指令である『敵を殺し破壊せよ』つまりは、人間を害せよという言葉のみに従っていたわけですね。エフタル殿は、ヨトゥンヘイムの黄昏《たそがれ》という伝説をご存じでしょうか？」

「……巨人伝承の中では一番有名だね。巨人……いや、巨神：ユミルというのが島一つを食い尽くしたんだったか」

「伝承ではなく、数千年前に起きた事実ですがね。巨神：ユミルは身長一キロを超えるような正真正銘の……大国をいくつも飲み滅ぼすような大厄災だと聞いています」

「……この島に来てからヤケに巨人の類とは縁もあったし……まあ、そんなことだろうとは思ったよ。それで？」

「当時、遺跡調査を行っていた武神は遺跡の最深部にたどり着きました。そうして生物兵器の制御装置を見て、不審に思い――この島の秘密にたどり着いたのです」

「不審に思う？　武神は剣術の専門家ではあっても、魔法のことについてはからっきしじゃないのかい？」

　何を隠そう、かつて親友だった僕が言うんだからそれは間違いない。

僕やサーシャでも古代魔法文明の遺跡の施設とかを見ても、半分以上はサッパリ分からない。

そんな中、あの剣術馬鹿が遺跡を見て何かに気づくなんてことはありえないと断言できる。

「いえ、正確にはその時に武神は少年を連れていたらしいのです。確か赤髪の……」

炎神皇《クリフ》ってことで、間違いないんだろう……ね。

しかし、これはいよいよキナ臭くなってきたな。

「で、島の秘密というのは？」

「巨神の制御には多大な魔力を必要とします。かつて巨神：ユミルが目覚めたのも……儀式の人員の頭数が足りなかったからで……」

「なるほど。つまりは巨神の制御システムの維持に必要な魔術的エネルギーが足りずに、儀式によって人柱を立ててそれを補充しているということだね」

そう言うと、ナオミは驚いたとばかりに大きく目を見開いた。

「……詳しいのですね？」

「その手の生物を飼っている地域では特に珍しくもない話さ。古代魔法文明の崩壊から長い長い時間がたって、施設そのもののエネルギーが枯渇し、生命維持の危険を感じた兵器が目覚め、人間を食べて補充する。まあ、ありふれた話だね」

「ええ。おっしゃるとおりにこの島の人間の取った行動も珍しくはないのでしょう。群れとしての島民を守るために、個としての生贄《いけにえ》を捧《ささ》げる。それは命の選択と言ってしまえばそれまでですから」

「で、それからどうなったんだい？」

「武神は火山の守り人に異を唱えることになりました。そうして、最終的に殺されるためだけに生まれ育てられた四人の巫女《みこ》――つまりは私たちを引き取ることになったのです」

「……少し、話が読めないんだけど？」

「生贄という手段に異を唱えた武神は、火山の守り人に、人柱を止《や》めるための対案を要求されることになったのです」

「まあ、それはそうなるよね」

「その時点では武神は巨神：ユミルに対抗する手段を持ち合わせず……。いえ、ギリギリ勝算はあったらしいのですが、それでは島に被害が出るということだったらしいのです」

「単独で勝てるというのもなかなかの話だけどね、相手は一キロ超えの大巨人なんだろう？」

「まあ、そこは四百年前の時代からの武神なので……。問題はユミルと共に眠っている十を超えるリヴァイアサンで、どうしても単独では対処できないという判断とのことですね」

ってことは、僕が相手してもそんな感じなんだろうね。

リヴァイアサンだけだとしても、僕でも十は相当にキツい。

オマケに……目覚めた連中は最初は見境なく周囲の人間を襲い始める。

各自が勝手にそこかしこで人間を襲う状況下、周囲を守りながらでは僕でも戦いようがないだろう。

「そうして武神は次の儀式までの十年という区切りを条件に、私たちを引き取ることになりました。それまでには必ず巨神：ユミルを何とかする手段を用意するという約束と共に……ね」

「ってことは、そろそろ儀式の日付が近いってことだよね？　だったら、肝心かなめの武神は一体全体……今、何をしているんだい？」

「……数か月前から消息不明なのです」

「消息不明？」

「対抗手段が見つからずに武神は焦っていたようです。そうして、魔術学会に四百年前からの知り合いがいるので訪ねるとのことで……それっきりです」

「で、君たちは巨神の復活を阻止すべく、魔術エネルギーの結晶体である魔神の魂魄がどうしても欲しいと？」

「はい、そういうことになりますね。前回、Ｓランク冒険者に同行したのも、魔神の魂魄を捧げる場所の下調べという意味合いもあったのです」

「なるほどね……それが君たちの理由か。ちなみに、剣神皇は君が僕にこんなお願いをしていることは知っているのかい？」

「いいえ。あの方は真面目ですので……最後の最後まで正攻法で魔神の魂魄を手に入れようとするでしょう。こんなことが知られれば、大目玉では済みません」

しかし、炎神皇《クリフ》ときて土公神皇《イターム》か。

全く、僕の知らないところで……旧《ふる》い知り合い同士でイチャイチャしてくれちゃって……。

僕だけ避けられてるのかって、なんだか妬《や》けてきちゃうよね。

と、冗談はさておき。

今回、やはり裏で糸を引いているのは、土公神皇《イターム》で間違いない。

魔神の魂魄を景品にしたのも土公神皇《イターム》だし、もうこれは確実にそうだと断言できる。

彼の狙いが何かまでは……分からないけどさ。

「そういった事情ですので、九日後のエキシビションマッチでは勝ちを譲っていただくというわけにはいかないでしょうか？」

最初に僕たちに敵意が剝《む》き出しだったのも、自身の強化のためのマーリンとの手合わせについても……。

ナオミの一連の行動も、結局は全てが、ここにつながるわけか。

「生憎《あいにく》だけど、勝ちは譲れない。僕にも負けられない理由があるんでね」

「……先刻申し上げた通り、差し上げられるものであれば全て差し上げる所存です。それこそ……私の処女でさえも」

「だから、そういう問題じゃないとそれはさっき言ったろう？」

ため息と共に肩をすくめる。

すると、ナオミは涙目になって再度頭を下げようとして……そこでマーリンが僕に問いかけてきた。

「リヴァイアサンが十以上に、武神をして対処がギリギリと言わしめた巨神です。エフタル様……勝てますか？」

「ブレイトが一人じゃ無理って言ったのなら、僕でも一人じゃ無理だ。まあ、街に被害が出ても良いんなら何とかすることもできるんだろう――それも恐らくはブレイトと同じくね」

「しかし、エフタル様は新たな力を手に入れたのでは？」

「あの当時、ブレイトには四皇の誰も単独では敵《かな》わなかったさ。五分間の最強モードがあったとしても……恐らくは今の僕と互角といったところだろうね」

「と、なると困ったことになりましたね……」

「ああ、完封するにはこちらも増援を願うしかないだろうね」

そんな僕たちの会話を聞いて、ナオミは「何言ってんだこいつら？」という風に、瞳にクエスチョンマークを浮かべて小首を傾《かし》げた。

「どういうことでしょうか？」

「島に被害が出ないように巨神の対処をする。それで僕たちは僕たちでエキシビションマッチを正々堂々と勝負する——それだけの話だろう？」

「……おっしゃる意味が分かりませんが？」

「えーと、マーリン。決勝は九日後で……僕たちが帰る船便はその六日後だったよね？」

「そうですねエフタル様」

そこで、今更気づいたという風にナオミは困惑しながら僕たちにこう尋ねてきた。

「いや、えーっと……どうしてエフタル殿がマーリン学長にタメ口で、マーリン学長がエフタル殿に敬語なのでしょうか？」

まあ、話の都合上、どうせナオミには僕が何であるかは知られてしまうのは確定してしまっている。

だったら、この喋《しゃべ》り方《かた》で問題もないと、僕は構わずにマーリンに話しかけた。

「良し、マーリン。それだけ時間があれば十分だ。それで……さしあたって用意してほしいものがあるんだ」

「用意してほしいもの……とおっしゃると？」

「この島での悪徳金融業者のリストと……それと伝書鳩《でんしょばと》をたくさん用意してほしい。道中は長いから、脱落する鳩《はと》が出ても良いように、数はできるだけ多いほうが良いな」

その言葉でマーリンは「悪徳金融業者……おかしいですね」とクスリと笑った。

「数時間程度……今のお願いは、そういう無茶《むちゃ》な期限でのオーダーという理解でよろしいでしょうか？」

「急ぎだからね。毎度のことだけど、無茶なことばかり言って済まない」

「まあ、貴方《あなた》の無茶は今に始まったことではありませんから」

そうしてマーリンは「ああ、忙しい！」との言葉と共に部屋から小走りで立ち去って行った。

☆★☆★☆★

と、まあそんなこんなで――。

今、僕たちは迷宮探索選考の時に訪れた、岩山のふもとに来ている。

今からやることは少し普通の人にはショッキングなのは間違いない。

なので、人のいない場所でやることにしたってわけだね。

まあ索敵系のスキルも使用しているし、人に見られる心配もない状況は確実に作り出されていると言えるだろう。

ちなみに、こちらのメンツとしては僕とマーリンとサーシャとなっている。

あとは……今回のゲストであるナオミってところだね。

「エフタル殿……伝書鳩はどこかしらに応援を呼ぶとおっしゃっていたので良いとして、悪徳金融業者からこれだけのお金を借りた理由は？　そんなに巨神の対策にお金がかかるものなのですか？」

「いや、金は一切かからないよ」

「では、どうしてこのような……」

ナオミの視線の先――。

僕たちの眼前には、金貨が詰まったズタ袋がいくつも積まれているという状況だ。

それは金貨数万枚という規模で、その借金の名義は全てマーリンということになっている。

僕としては、僕の名義でやるのが一番なんだ。

けど、学生の身分で借りられる金では「正式な手間のかかる証文の作成」についていろいろと問題が生じる。

なので、ここは社会的に信頼のあるマーリンに、ピンチヒッターとして一肌脱いでもらうことになった。

まあ、マーリンとしても僕が何をやるのか先刻承知なので、嫌な顔一つせずに快く引き受けてくれたわけなんだけど。

「ま、踏み倒しをするにしても、そのままポケットに収めるのも違うしね。慈善事業にでも寄付するさ」

「踏み倒し？　慈善事業？　寄付？」

意味が分からないという風にナオミは小首を傾げる。

「つまり、僕が欲しかったのは――これだ」

島中の悪徳業者から入手した、契約書類。

金額が金額なので、必然的に魔術的な契約紋によって、神に契約を担保させるという形になる。

で、この場合の神というのは、アナスタシアの特殊な奴隷紋を解除する際に呼び出した……アレのことだ。

「ま、僕としては返す予定のないお金ってことだね」

「何をするつもりかは知りませんが、でも、借りたお金は返さなくてはいけないのでは？」

「そもそも、街の金融業者みたいなものはギルドや銀行なんかの貸付業と違って……存在が本来は許されていない法律の範囲外の存在だろう？」

「とはいえ、利用者は後を絶ちません。個人間での契約は神によって縛られますし、事実、生業《なりわい》として成り立っています」

「暴利で私腹を肥やして、人々を困らせているような輩《やから》だ……たまにはキツイお灸《きゅう》も必要ってことだよ」

「けれど、踏み倒しって……契約書がありますよね？」

そうして僕はパチリと指を鳴らして証文を燃やし始めたんだ。

「炎で燃やせば、そんなものは最初から無かったことになるさ」

「そんなことをすれば——契約不履行とみなされて神からの制裁がっ！」

で、契約書が燃え尽きると同時に、僕の目論見《もくろみ》のとおりに——

——あの連中が出てきた。

「我は白虎《びゃつこ》。ふふ、まさか我の守護する契約を反故《ほご》にするような馬鹿者がいるとは……それも複数だと？」

「俺は玄武《げんぶ》。俺様の仕切る契約を複数同時に破棄なんざ、こいつは豪胆な奴もいたもんだ」

「私は朱雀《すざく》……おや、どうしたのですか白虎さん、玄武さん？」

青龍《せいりゆう》は……今回はお休みか。

まあ、ちょっと前にボコボコにしたから、今は実体を伴って現世に降臨できないってところだろう。

そうして現れた三柱の神は互いに顔を見合わせて「はてな」と小首を傾げた。

そのまま、周囲を見渡し、サーシャの顔を確認して――

「うげえ！　サーシャ！」

三体がそのまま宙に浮き上がって、どこかに逃げようとしたので僕はレベル10：雷神皇《エフタル》を放って牽制《けんせい》しておいた。

「この雷撃……覚えがあるぞ！」

「まさか……まさか……っ！」

「貴方は踏み倒しのエフタルだというのですか！」

「あ、青龍からの僕が転生したっていう情報は、そっちには行ってないんだね」

「転生……だと？」

「何と無茶苦茶《むちゃくちゃ》な……」

「悪夢だ……これは悪夢だ……この極悪師弟が一緒にいる現場に呼び出されるとは……」

うん、察しが早くて助かるよ。

「で、どうするのじゃお主たち？」

その言葉で朱雀は今にも消え入りそうな声色で訴えた。

「ですから、私たちは貴方のコレクションにはならないと……」

「力ずくなんてもってのほかだぞ！　そんなことをされるくらいなら、自ら存在を放棄し、神滅したほうがマシだ！」

「そうだ！　俺たちには自由に生きる権利がある！　誰が古今東西御伽草子《オトギ・ファンタジア》なんざに入るか！」

そうしてサーシャはニヤリと笑い、僕は三柱の神に助け舟を出した。

「ってことで、四百年前にも似たようなことを朱雀にはしたとは思うけれど、お願いがあるんだ」

「コレクションにならない代わりに、また言うことを聞けと？」

「そういうことだね。前回は百年の猶予期間の進呈だったっけ？　で、今回は特別に百五十年の猶予期間を与えると……師匠はそう考えているわけだ」

「ま、我としても幻の世界の住人に、悪評を高めすぎるのも問題じゃと思うておる。無理やり縛るよりも……嫌々ながらにでも自主的に従ってもらったほうが管理もしやすいわけじゃし……友好関係は大事じゃぞ。なので、我は約束はちゃんと守る」

　そうして三柱の神は互いに顔を見合わせ、仕方ないとばかりに頷《うなず》いた。

「それで、今回は私たちに何をさせるつもりなんですか？」

「少し――古代魔法文明の人造神と揉《も》め事《ごと》を起こそうと思っていてな」

「はは、人造神ときたか……相変わらずぶっ飛んだケンカばっかりやってるみたいだな」

「しかし、私たちも古代魔法文明の生物兵器とはコトを構えたくはありませんよ？」

「何もお主たちにやれと言うておるわけではない。お主たちに任せたいのはこの島に結界を張ることだけじゃ」

「……結界だと？」

「敵は巨神：ユミルとリヴァイアサンが十と少しじゃ。で、あの辺りの海の底からこの島めがけて連中がやってくるわけじゃ」

　遠く海を指さしたサーシャに、三柱の神は小さく頷いた。

「確かに巨人たちからすれば、目と鼻の先……海上で仕留める時間はないでしょう」

「左様。なので、お主たちには巨人どもが簡単には入ってこれんように島全体に結界を張ってもらいたい」

「なるほど……時間稼ぎってことか」

「そうじゃ。四神にして、方角をつかさどるお主たちのこと……そういうのは得意じゃろ？」

「まあ、青龍はいませんので四方向の一つは消えてますけどね」

「が、サーシャよ？　俺たちの結界でも巨神：ユミルみたいなデカすぎるのは止められんぞ？」

　その言葉でサーシャは「カッカ」と笑って頷いた。

「お主たちにそこまでは求めておらんよ。それについては——海上でこちらがキッチリ沈めきるのでな」

　と、話は終わったとばかりに三柱の神の姿が少しずつ薄れて消えていく。

　そうして最後に……ものすごく迷惑そうな声色で朱雀がこう言ったんだ。

「本当に……もうこれっきりにしてくださいね。できれば私たちのことは忘れていただいたほうが……」

「ふふ、誰がこんな使い勝手の良い珍獣どものことを忘れるものか！」

ま、そんな感じで三柱の神様たちが消えて、ナオミはただただ呆然《ぼうぜん》とその場に立ちすくんでいたわけだ。

「サーシャ様は……まだわかりますが、エフタル殿……これは一体どういうこと……でしょうか？」

「神様と言っても、四百年前はかなり人間と距離も実力も近かったしね。実際問題、武神：ブレイトでもこれくらいのことはできるだろう」

「確かにそれはそうかもしれません。が……無茶苦茶《むちゃくちゃ》すぎるように私には見えます。借金を踏み倒して神様を呼び出して、挙句の果てには使い走りのような……」

「まあ、真面目なブレイトではこの方法はちょっと思い浮かばないだろうね」

そうして、蒼白《そうはく》な顔で何やら考え込み始めてしまったナオミを置いといて、僕はマーリンにこう話しかけた。

「ところでマーリン、伝書鳩《でんしょばと》なんだけど……」

「既に鳩には魔道具による誘導をつけて飛び立たせております」

「宛先も聞かずにかい？」

「スヴェトラーナの父親の住んでいる場所なんて、有名すぎるでしょうに」

いや、半分正解で半分は間違ってるんだけどね……。

後で僕自身が遠隔で行先変更をしなくては……と、そう思っているとナオミがポカンと大口を開いていることに気が付いた。

「スヴェトラーナとは……龍姫……スヴェトラーナですか？」

「ああ、そういうことだね。人間同士の争いなら中立の原則で龍帝は動かないだろうけど、今回の場合は古代魔法文明絡みだから……あの一族は古代の生物兵器を嫌っている側面もあるしね」

「龍帝を……動かすつもり……なんです……か？」

「うむ……」と、指折り数えながらマーリンが大きく頷いた。

「龍帝への伝達まで四日というところか。それから龍帝の名のもとに各国に散らばった龍族に連絡を取って、ここに着くまでに更に十日程度。ギリギリで帰るまでには間に合うだろう」

「まあ、ここがバカンス地で良かったよ。あの一族を呼び出すのは……さすがの僕でも骨が折れるし、旅行気分で来てくれるだろうさ」

「馬鹿げている……。龍帝の一族と言えば、古《いにしえ》より人類に壊滅的な打撃を与える力を持つとされる一大勢力……。それを動かすなんて……本当に馬鹿げていますっ……！　貴方《あなた》たちはこの島で最終戦争《ハルマゲドン》でも始める気ですかっ⁉」

「まあ、四百年くらい前なら、こんなことは日常茶飯事だったけどね。それに龍帝の一族は大国を落とせる程度で、世界を相手にするなんてできないよ」

　と、そこで「いやいやいやいやいや」とマーリンが苦笑した。

「エフタル様。それは四百年前でも異常です。あと、今の世界相手なら……あの連中なら十分戦えますから。中立なので辺境に引っ込んではいますけどね」

「あ、そうなの？　ともかく、これで槍《やり》でも弓でも持ってこいってことだね」

「ええ、全盛期の魔王軍でも呼んでこないと、スヴェトラーナの一族には対抗できないでしょう」

「いや、マーリン？　あの連中は中立だから……魔王軍とはコトを構えないと思うよ？」

　と、そこでマーリンは一本取られたとばかりに苦笑した。

「確かに。魔王も魔王軍も亜人としての魔族ですね。だからあの戦争では龍族は関与しなかったのでした」

「ってことで――ナオミ。打つべき手は打ったし、僕たちはエキシビションマッチに本腰を入れよう。あとは巨神を叩《たた》き潰して、そのまま帰って万事解決だ」

　それで、その言葉でナオミは心底分からないという風に僕にこう尋ねかけてきた。

「エフタル殿……貴方は……何者なんですか？　それに私たちを助けてくれるにしても……ここまでのことをしてくれるなんて……そこについても分かりません」

　そうして、しばし考え、大きく頷いて僕はこう言ったんだ。

「僕は少しばかり――ブレイト、つまりは君たちの師の師に縁があってね。ただ、それだけの話さ」

☆★☆★☆★

そして九日後――。

僕たちは魔法学院対抗世界大会の決勝戦が行われた会場にいた。

観客の数はまばらだ。

どうやら、今回は魔術学会の関係者と、世界大会に参加した学生だけに絞って入場が許可されているようだね。

それで、闘技台の上で四対四で並ぶ僕たちは互いに挨拶を終えたわけだ。

そうして、互いにマジマジとお互いの顔を見あうことになった。

向こうの年齢は僕たちと同じくらいかな？

ナオミの話を聞いたので、剣神皇の弟子たちの年齢がみんな同じくらいの理由も今なら良くわかる。

それと全員が女の子っていうのも、生贄《いけにえ》とする命の選択として……そういうことになったんだろう。

まあ、要は死ぬために赤子の頃に選別されたって話だから、さもありなんだ。

それで……気に食わないから引き取ったは良いけれど、弟子に子供たちを任せた辺りが、いかにもブレイトらしいと言えばらしい話でもある。

と、そんなことを考えていると、マリアが僕に向けて小声で言葉を投げかけてきた。

「でもエフタル？　アンタ本当に大丈夫なの？」

「大丈夫って何が？」

「コトの経緯はこの前に聞かされてるけどさ……こんなところで遊んでても本当にいいの？」

「巨神のこと？」

「そうそう」と、マリアは何度も頷き、そうして神妙な面持ちを作った。

「実際問題、今回の相手ってのはアンタでも手こずるんでしょ？」

「まあ、そのために色々と布石は打ってるけどね」

「けど、遊んでる場合じゃないとも思うのよ」

「遊んでるっていうと、どういうことだい？」

「アンタは島一つの命運を背負ってるんでしょ？　そのスケールから考えると……このエキシビションマッチはあまりにもお遊びな感じがするっていうかね」

「けれど、事実として僕は全ての準備を終えているしね。それに景品もキッチリ受け取らないと話にならないわけで」

「そりゃあそうなんだけどさ……ここは私たちに任せて、他にやることあるんじゃないとかさ？　そういう素朴な疑問も浮かんでくるわけなのよ」

「はは、確かにそう思うのも無理はないかもね」

それから、「それに……」と僕は観客席を見渡してニヤリと笑った。

「僕がこの場所に立っていることは、この島とこの子たちを守るための布石でもある」

「……どういうこと？」

「まあ、見てれば分かるよ。確実とは言えないけれど……このエキシビションマッチは波乱に満ちたものとなるだろう。と、それはさておきマリア？　今日はえらく……変わった服を着ているね？」

「ああ、このこと？　私のナイスボディを見てクラクラきちゃった？」

少しだけ恥ずかし気にそんなことを言う、今日のマリアの服装は露出度の高いものだった。

いや、露出度が高いと言ってもお色気とかそっち系ではないんだけどね。

えーっと、何て言ったら良いのかな。

例えるなら女子陸上選手が試合の時に着ているような……と言えば、いくらか雰囲気が伝わるだろうか。

ちなみにヘソ出しのショートパンツで、胸もスポーツブラっぽいものだ。

「ま、私も準備を終えているってことよ。ようやく――仕込んでたものを出せるってなもんでね」

まあ、マリアが何をやるつもりなのかは彼女の体表の魔力の流れを見ればわかるけどさ。

「しかし、珍しいものを使うつもりみたいだね」

「……本当に呆《あき》れるわねアンタ」

「ん？　どういうことだい？」

「こちとら隠蔽にも力入れて、ワザワザ……魔力の仕込みが悟られないようにしてんのよ？」

「そりゃあ、悟られないほうが相手の動揺も誘えて良いだろうからね」

「……はー、瞬間で何をやるかまで見透かされるなんて……本当にやってらんないわ」

と、そんなやり取りをしている内に、マリアが審判に名前を呼ばれた。

どうやら、こちらの先鋒《せんぽう》のマリアだけが残るようにということで、いよいよこの島での学生としての最後の戦いが始まったのだった。

☆★☆★☆★

優劣の差は明らかだった。

相手の先鋒はナオミと同じ程度の実力を持っているようだ。

証拠に、マリアとは明らかに近接戦闘での土台からして違っていた。

オマケに魔術師対策もバッチリのようで、魔法を切るという秘技もこなれたものだった。

あの秘技は、正確に言うと大気中に放たれた魔力を魔法として固定化させる魔術式そのものを切るものだ。

……というか、魔法を掻《か》き消《け》すような手法を使っているんだろう。

僕たち魔術師も似たような形で緊急対処をすることはある。

けれど、本職の場合は防御魔法を使ったほうが早いから、あんまり使わない手法ではある。

かつて、そういう形で魔法対策を行っていたのはブレイトも同じだったので、僕としてはもの凄《すご》くしっくりくる光景ではある。

とはいえ、マリアからすると慣れない形で魔法を防がれることになるわけだ。

必然的に、そういった方法での戦闘経験の差が如実に出てしまい、マリアは相当なやりづらさを感じているようだね。

オマケに、弓で放った矢にしても空中で剣で叩《たた》き落とされてしまっているような状態だ。

まあ、弓矢による攻撃は、マリア自身も焼け石に水ってことは自覚しているだろうけれど。

——近接攻撃手段としてのナイフ。

——中距離・遠距離攻撃手段としての魔法と弓矢。

そんな感じで近接での攻撃はもとより——。

優位なはずの中距離・遠距離レンジでの攻撃もことごとく無力化されて、防戦一方っていうのがマリアの現状だ。

「ナオミから聞いていた通りの戦い方ですね。貴女《あなた》は良くやったと思いますが……そろそろ降参したほうが良いでしょう」

「降参？　どうして私が降参しなくちゃならないの？」

「実力差は既に自身が分かっているでしょう？　最低でも魔法を切る……そこの対処法を身につけてからでないと、私たちには貴女は絶対に及びません」

「まあ、後々……それは身につける予定ではあるんだけどね。けれど生憎《あいにく》——こちとら負けられない理由もあってね」

「負けられない理由？」

「私は……アイツの前でこれ以上の醜態を晒《さら》すわけにはいかないのよ。それは何て言うか……すごく個人的な感情の問題なんだけどさ」

凛《りん》とした視線で真っすぐに対戦相手を射抜くマリア。

向こうもマリアの覚悟に押されたのか、剣を握りなおして呼吸を整え始めた。

「とはいえ、この差は気持ちだけではどうにもならないと思いますが？」

「だから、差を埋めるためにコレを用意してきたのよ」

と、同時にマリアの体表に赤色の文様が浮かび上がってきた。

そうして、マリアの変化を見て、対戦相手の眉間に皺《しわ》が寄った。

「尋常ではない……魔力の渦……？」

その言葉にマリアは取り合わない。

そして、トントントンとマリアはステップを踏むように何度かその場で軽く飛んで——

——消えた。

いや、僕の目には見えていた。

けれど、相手からすると消えたとしか思えないような動きだっただろう。

「——なっ⁉　何をしたんですかっ⁉」

消えたと思い、気が付けば背後を取られている。

相手にとってはたまったものではないだろうね。

「ちょっと……自分で……自分にブーストかけてんの。ただそんだけっ！」

けれど、マリアはやはりその場から消えて、再度背後を取る。

相手は振り向きざまにマリアに向けて剣を一閃《いっせん》。

「このおおおおっ！」

ビュオンビュオンと風を切る音が唸《うな》りを上げてる。

つまりは、相手がマリアに仕掛けたのは剣での怒涛《どとう》の連撃だ。

けれど、マリアは涼し気な顔で相手の剣を避ける。

——否、避け続ける。

それは僕をしても「早い」と息を呑《の》ませる速度で、相手からすれば鬼神すらも思わせるような……悪夢以外の何物でもないだろう。

そうして、最終的には狙いすましたようにマリアの握る模擬短刀の一撃が、相手の喉笛に吸い込まれた。

「……参りました」

相手の降参の言葉を聞き遂げると同時——。

マリアは安心したかのようにストンとその場で膝をついた。

そうして、崩れ落ちると同時に、その顔は苦し気に——そして蒼白《そうはく》なものへと変わっていく。

対する相手は、模擬短刀での一撃を受けただけだ。

無論、大したダメージもなくピンピンしている。

顔面を蒼白にし、息絶え絶えで倒れこんだマリアと比べると、これでは……どちらが勝者なのかは分からないね。

まあ、禁術に近い方法でマリアは自己強化を施したんだ。

その代償としてのこの結果は、当たり前と言えば当たり前なんだけど。

「マリアさん！　どうしたんですかっ⁉」

慌てた様子でアナスタシアが闘技台に上り、マリアに一目散に駆け寄っていった。

「顔色が真っ青なんです！　魔力もすごく乱れてます！　きっと無理な強化法の副作用なんです！　今すぐ救護班を！」

「そこまでしなくていいわよ……ちょっとフラッときただけだから。今はもう問題ないわ」

そうは言うものの、マリアは未《いま》だに肩で息をして冷や汗もかいているようだ。

それでも、今の状況では……アレは命に別状のある性質のものではなく、心配する必要もないだろう。

「それじゃあ私が肩を貸しますので！」

「うん……ありがとう」

そして、アナスタシアに半ば担がれるような形で、マリアが僕の横に運ばれてきた。

回復魔法……いや、この場合は魔力の調律かな。

そういう形で治療しようとも一瞬思った。

けれど、今後もこの戦い方を続けるのであれば……。

慣らしという意味では、それは彼女のためにならないと判断し、敢《あ》えて僕は何もしないことにした。

「しかしマリア……どうして君がその強化法を知っているんだい？」

「全ての森の神――世界樹に宿りし精霊をこの身に降ろす。エルフが使っちゃおかしいかな？」

「いや、むしろエルフにしか使えないから、そこはおかしくはないんだけどさ」

事前に体に刻み込んだ魔力による入れ墨。

普通の入れ墨とは違い、これは肌を傷つけたり、あるいは目に見える形でペイントを施すようなものでもない。

そうだね……。

例えるなら、任意に肌に浮かび上がって発動する魔法陣ってところかな？

それを、自身の体に刻み付けたというのが一番ニュアンスが近いだろうか。

「精霊を降ろすというのは少し違うけれど、それは東方では神降ろしと呼ばれる手法だ。体の負担は尋常ではないことは知っているね？」

「ええ、知っているわ。こっちはそんなことは先刻承知で、リスクを取ってやってんだから」

「しかしマリア、重ねて問うけど、君がどうしてそんな高度な術法を知っているんだい？」

「もともと、不出の術式として、私は森でサワリ程度は教わっていたわ。まあ、四百年前からは誰もできなくて、形骸化してたんだけどね」

「……四百年前からというと、これもマギアバーストの影響を受けた術の一つということかい？」

「ええ。けれど——今の私の脳内魔術回路はマギアバーストの汚染を受けていない」

「しかし、術法そのものの詳細は君は知らなかったんだろう？」

「いや、私だったら使えるんじゃないかって思ったからさ……。だったら、後はマーリン様の屋敷の……いや、アンタの所蔵してる魔法書を漁《あさ》れば、どうにでもなるわよね？」

「……まさか、一人だけでそれをやったのか？」

「ええ。断片として記憶に残っていた術法を、色んな文献から補完していく……。森での合宿をして帰ってきた時からこれまで、それだけ時間があれば十分よ。ま、最終的に出来上がったのは炎神皇《クリフ》との一戦の後で、アンタが寝込んでた時だけどね」

「……」

「ん？　どうしたの黙り込んじゃって？」

　いや、普通にこれは相当に難度の高い術法なんだけどな。

　ベースになるものを子供の時に教わっていたとしても、自力で……ここまでたどり着いたか。

　そういう意味では、この子も本当に呆《あき》れるほどに優秀なんだろうね。

　それに、どんな犠牲を払ってでも、自身の強化のためなら全てを捧《ささ》げるっていうのも、努力家であり、プライドの塊でもあるマリアらしいっちゃあ、マリアらしい方法と言えるだろう。

ま、無理をさせすぎないように今後導いてあげるのは……僕の仕事なんだろうとは思うけど。

と、そんなやり取りをしていると、闘技台の上ではアナスタシアと相手の一戦が始まろうとしていた。

そうして、試合開始の合図の前に、ニコニコと笑ってアナスタシアは対戦相手に語り掛けたんだ。

「剣神皇とは私も一度だけ面識がありますが、素晴らしい人でした。だから、ここは変にお互いにいがみ合わずに気負わずに、ライバルとして尋常な勝負をお願いしたいんです」

そんなアナスタシアの言葉を受け、相手はニヤリと笑った。

そして、アナスタシアから差し出された握手の手を――避けた。

払いのけるのでもなく、応じずに反応しないのでもない。

ただ、過剰に大きく……数歩後ろに下がって、避けたんだ。

「貴様は色々と変則的な戦い方をするとは聞いている。ここで握手に応じるなど愚の骨頂だと思わんか？」

その言葉にアナスタシアは焦ったように表情を引きつらせた。

そして、相手の額が一瞬青白く輝き、そこには第三の目とでも言うべき瞳が見開かれたのだ。

「故に、広く深くを見通し、見切りをもっとも得意とする私が貴様の対戦相手として選ばれたわけだ。いくらでも不正はしてもらっても構わんぞ。ただし――私を相手にできるものならな？」

「うう……やりづらいです……」

「私には小細工などは通用せん。不正があると同時に審判に突き出すつもりなので、そこは良く考えておくことだ」

「それは怖いんです。なら、正々堂々とやらなくちゃですね」

そうして試合開始の合図と共に戦いが始まった。

展開としては先ほどのリピートで、力量差はハタから見ていても明らかだ。

っていうか、ここは剣術屋を想定した戦い方を教えていない僕も悪いんだけどね。

と、まあ防戦一方という感じだけど、今のところはアナスタシアは卑怯《ひきょう》なことは何もしていない。

なので、普通に力量差のとおりに負けそうになっているわけだ。

けど……問題はいつアナスタシアが仕掛けるかだね。

本人は正々堂々と言っていた。

けど、そんなことは相手も……いや、仲間である僕たちですら信じちゃいない。

そうして、いつ仕掛けるのかと興味深く様子をうかがっていたんだけど……一向にアナスタシアが策を弄した様子はない。

で、その結果として、アナスタシアは闘技台の端に追い詰められることになったんだ。

そのまま振り下ろされた相手の剣を避けると同時、アナスタシアの胴に相手の横蹴りがモロに入った。

「きゃあ！」

悲鳴と共にアナスタシアは倒れ、ゴロゴロと転がってしまって模擬剣も取り落としてしまったんだ。

「もらった！」

そうして相手がトドメとばかりに、地面のアナスタシアに剣を振り下ろそうとしたその時──

──相手の動きが止まった。

「隙ありなんです！」

待ってましたとばかりにアナスタシアは立ち上がる。

そうして俊敏な動作で、相手の襟元を摑《つか》んだ。

そのまま、非の打ち所のない教科書どおりの背負い投げで――相手を投げっぱなしに投げ飛ばし、場外へのリングアウトという形で決着がついた。

「何とか勝てましたよ！　ご主人様！」

と、そんな感じで闘技台からニコニコ降りてきたアナスタシアに向けて、僕はこう尋ねた。

「仕込んだのはいつ？」

「仕込むって何のことなんです？」

「使ったのは……神経毒だよね？」

「あ、バレちゃいました？」

テヘっとばかりに舌を出して、アナスタシアは小さく頷《うなず》いた。

「マリアさんの……試合の直後ですね」

「わざわざ闘技台に駆けつけたのは……そのためか」

呆《あき》れた……とばかりに僕は肩をすくめる。

そうすると、やられるほうがアホなんですとばかりにアナスタシアは心外そうな表情を作る。

「まあ、マリアさんがアレを使ったら倒れるのは分かってましたからね。なので、そこは最初から既定路線だったんです」

「……それで？」

「地面に振りまいておいたのはマンドラゴラをベースとする粉末です。瞬間的に視力を奪うもので、風で散らせば証拠も一切残らないので使い勝手が良いですよ？」

いや、使い勝手が良いですよ？

と、調味料感覚で禁制品について語られても困るよね。

「まあ、あの連中なら、戦闘が始まってからなら、私の動きをずっと警戒するのは分かっていましたから。でも、戦闘が始まる前に仕掛けられた、その場にないはずのものを使って不意打ちされればどうでしょうね？　今回の発想はそこからきているんです」

「……」

「……」

うん。

やっぱ、この子は怖いね。

罪悪感とか、正々堂々とかいう概念が最初から頭にないことには……さすがに僕もどうかと思う。

ただ、ここまで一貫して、まともに勝つ気が最初から存在しないってのも、これはこれでアリだ。

邪道であって正道ではないけれど、それもケンカの正解なのもまた事実なんだから。

で、お次はシェリルの番だ。

ここで決まれば僕たちの勝利が確定するわけだ。

けど、まあ……最後は僕なので事実上の消化試合なのは否《いな》めない。

「魔力は目を見張るものがあるけれど、致命的に術式の構築が遅いし、魔法以外は何もできないと聞いているわ。ルール上、術式の構築は試合開始と同時——そこから最速で貴女《あなた》の細首に剣を放って試合終了ってところね」

そうして試合開始の合図と共に、宣言通りに相手はシェリルに向けて猛烈な速度で飛びかかろうとした。

「……レベル６：火龍激吐《ドラゴンブレス》」

で、カウンターとばかりにシェリルのレベル６魔法が火を噴いたわけだ。

そうして、シェリルの魔法を切ったは良いものの、対処できる容量を超えて——

——そのまま相手は炎に焼かれることとなった。

ぶっちゃけ、僕は彼女たちが魔法を切れるのは……ある程度の魔力出力までだと既に分かっていた。

なので、この状況は想定の範囲内という感想以外は出てこないわけだね。

「ば、ば……馬鹿な……」

「……術式構築が遅い？　エフタルの学派は最速を身上とするもので、私も強く……その影響を受けている」

「でも、ナオミの話によると……」

「……あの時は範囲魔法が一般人に危険を及ぼす可能性があった。その調整で時間がかかっただけ」

そうして、シェリルの言葉を聞き終えぬうちに相手は気絶して、決着という次第となった。

☆★☆★☆★

闘技台の上には僕とナオミの二人となった。

星取り戦の性質上、既に最終戦には何の意味もない。

けれど、ナオミの表情は真剣そのものだ。

そうして、向かい合う僕に彼女はペコリと頭を下げた。

「エフタル殿――既にチーム同士の勝敗は決していますが、ワガママを聞いてはくださらぬでしょうか」

「……ワガママ？」

「魔法剣士としての貴方《あなた》と私では力量に差がありすぎます。なれば、後学のために私と……剣士として全力で立ち合っていただきたいのです」

「剣士として？　その心は？」

「こんな経験は人生で何度もないでしょう。この僥倖《ぎょうこう》を……少しでも無駄にせずに今後の糧にしたいのです。我が師である剣神皇をして、同じ領域に達していると言わしめたそのお力で……全力の勝負で一瞬で決められてもたまりません」

「……」

「前回、貴方の規格外の強さを目の当たりにしましたが……その力にはただただ驚愕《きょうがく》するばかりでした。まともにやっても正確な力の差すら分からないでしょう。故に、剣技のみでの尋常な勝負をお願いしたい」

「……分かった」

まあ、結局のところはこの子もまた武の道を行く同志ってことなんだろう。

巨神の話なんかは横に置いておくとしても――。

この娘《こ》の本質はマーリンに手合わせを願った時と何も変わらない。

強者との邂逅《かいこう》を望み、それを自分のモチベーションとして良い意味での刺激としたい……そういうことなんだと思う。

それは剣神皇の師であるブレイトと同じく……ね。

「それでは……いざ、尋常に――っ！」

互いに腰から刀を抜いて、睨《にら》みあう。

約束通りに魔力行使をやめてみて、感じるのは――確かな強者の威圧。

ナオミが取った構えは示現流《じげんりゅう》のトンボの構えと呼ばれるモノに近い。

対する僕は正眼の構えだ。

僕も剣技を故郷で習ったけれど……この娘が磨き続けてきた剣技が本物であることは、構えからだけでヒシヒシと伝わってくる。

「ハアアアアっ！」

気合の咆哮《ほうこう》と共にナオミは僕との間合いを詰め、猛烈な勢いで怒涛《どとう》の連打を仕掛けてきた。

物凄《ものすご》い速度で、事実、僕としても攻撃をいなすだけで精一杯という状況となる。

そうして、ひとしきり攻撃をやり過ごしたところで「やってられない」とばかりにナオミはクスリと笑った。

「やはり、剣技のみでの立ち合いを望んで良かったです」

「それはどうして？」

「これでも十年の間、剣技のみに打ち込んできました。それは私の全てを捧《ささ》げての全身全霊だと言っても良い。が、剣技のみの勝負で貴方とは互角のようです」

「ああ、どうやらそうみたいだね。まあ、僕も十年くらいの間……それなりに真剣に剣に打ち込んできたんだけど」

「それなり——ですか。ですが、それはご謙遜でしょう？　いや……違うか。事実として貴方はそう思っているのでしょうね。そしてそう思うのは私の中での甘えなのでしょう」

「甘え？」

「ええ」とナオミはコクリと頷いた。

「才能の多寡というのは事実としてあるのですが、鬼の修練を超えられる才能なんていうものはありません。剣技には魔法適性のような絶対の才能差なんて……そんなものはありえないのですから」

「……」

「結論として、貴方は私と同程度の修練を積んでいるはずなのです。そして、貴方は私が全身全霊をかけて……と表現した修練を、それなりと称した。そこが私と貴方の違いであり、それこそが私と貴方の最大の差なのでしょう」

互いにしばし押し黙る。

そうしてナオミは「悔しいな」とばかりに何とも言えない表情を作った。

「本当に……世の中は広い。それを知れたことが今回の私の最大の収穫です」

「なるほどね」

ナオミは腰の鞘《さや》に刀を収めて、腰を落として真っすぐに僕の顔を見据えてきた。

どうやら、抜刀術で勝負をつけるようだ。

それに応じるように僕は大上段に刀を構える。

「次の一手で勝負は終わります。エフタル殿——一つ尋ねたい」

「なんだい、ナオミ？」

「私も……貴方のように強くなれるでしょうか？　いつかは、剣技のみの立ち合いと言わず——全力の貴方と、同じ領域で立ち合うことができるでしょうか？」

その問いかけに僕は確信と共に大きく頷いた。

「なれるさ。君が今の君のまま何も変わらず、常に向上心を持ち、学ぶ姿勢を忘れなければ……ね」

ジリジリと地面に足を滑らせながら、互いが互いにゆっくりと近づいていく。

そうして、互いの間合いに入った瞬間に、やはり互いが一気に動いた。

ナオミは鞘の中で刀を滑らせ、僕は大上段からの切り落とし。

——魔法は使っていない。

——魔法剣も使っていない。

——けれど、身体能力強化は一切の手を抜いてはいない。

——無論、剣術という意味では僕の全力全開だ。

僕は——彼女の刀に、彼女の十年間に、そして彼女の強くなりたいという気持ちに対して、僕の全力の剣技で応じた。

そして――。

その結果として、ナオミの刀が僕に到達する前に、僕の刀がナオミの頭のド真ん中を打ち抜くことになった。

「流石《さすが》……です。模擬刀でなければ即死でしたね」

ナオミはペタリとその場に座り込む。

そして「イタタ……」と頭をさするナオミに僕は苦笑を浮かべた。

まあ、公平に今回の戦いを論ずるならば、剣技は互角で身体能力強化と実戦経験の差で僕……というところだろうか。

そうして僕はナオミに歩み寄り、右手を差し出した。

そのままナオミはしばし何かを考えて……照れ臭そうに僕の手を握ろうとしたんだ。

と、その時――。

「見事な立ち合いでした。しかし……景品を取られても困るのですよ」

振り向くと、そこには心底困ったという表情の剣神皇が立っていた。

「どういうことでしょうか？　闘技台には参加者と審判以外は立ち入り禁止ですが？」

「まあ、保険を打っていましてね」

「……保険？」

「実はエキシビションマッチを受けるにあたって条件を出していたのです」

本当に心外だという風に、剣神皇は深いため息をついた。

そして、申し訳なさそうな表情で彼はこちらに小さく頭を下げてきた。

「最後の最後……子供たち同士の戦いをそれこそ本当のエキシビションの余興として、それぞれの陣営の最強の者が出て対峙《たいじ》することで、真の勝者を決めるとね」

「……ん？　それはどういうことなんですか？」

「この手段だけは本当に使いたくなかったんですけどね。ただし、こちらとしては保険は持っておきたい、そして大会運営としてはそちらのほうが都合が良いということもあり、最終判断はこちらの手の中で保留すると運営には伝えていました」

「まあ……」と剣神皇はニコリと笑って言葉を続けた。

「どうせエキシビションであれば、剣神皇である私と……この場合はマーリン学長が戦ったほうが盛り上がるでしょう？　運営の都合としてはそういうことです」

その言葉に会場は割れんばかりの歓声と拍手という形で応じた。

いや、まあ……確かにそれはそうだろう。

無名の学生同士のドンパチよりも、剣神皇と……数多《あまた》の伝説を持つ魔族の英雄の立ち合いのほうが盛り上がるのは間違いない。

「しかし、それはあまりにもな保険じゃありませんか？」

「なので、非常に気が進みません。ですが、こちらにも負けられない理由があるのです。

と、いうことで……そちらは学長、そしてこちらは私――指導者同士での最終戦といきましょう」

　そうして闘技台の下で一部始終を聞いていたマーリンが小さく頷《うなず》いた。

「話は把握しました。まあ、やり口には思うところもありますが……場外乱闘もまた戦いの一環です。そういう意味ではそちらが一枚上手《うわて》だったのでしょう」

「そこは本当に申し訳ないのですが、こちらも退けぬのですよ。さあ、マーリン学長！　かつての親友の直弟子同士です。互いに戦闘においては苛烈な性格なために殺し合いに発展することを恐れ、決して本気では立ち合わなかった師たちですが――」

　剣神皇は大きく息を吸い込んでから言葉を続けた。

「――四百年前の決着を、今ここでつけましょう！　ただし、命の奪い合いはすることなくね！」

　言葉を受けてマーリンの顔に喜びの色が浮かぶ。

「その提案は非常に興味深いですな。私個人としても、貴方と私のどちらが上かには興味がある。しかし――先ほどの話からすると、こちらとそちらの陣営で一番強い者を出すということでしたな？」

「ええ、つまりはそちらは貴女《あなた》となる」

　そうしてマーリンは首を左右に振って肩をすくめた。

「一番強い者であれば……それは私ではないのですよ」

「マーリン学長ではない？　で、あれば誰が……？」

　そこで「まさか……そこまでの……」との言葉と共に、剣神皇は僕に視線を向けて、ほぼ同時に僕にマーリンの言葉が飛んできた。

「そういう事情のようなので——お願いしますエフタル様」

「いや、でも……」

「エフタル様？　こちらも——負けられない事情があるのでしょう？　ならば、ここは貴方が出る以外にはあり得ません」

　周囲には魔術学会の連中も含めて、人がたくさんいるんだけどな。

　そうは思ったものの、まあ、別にもう隠しているわけでもない。

　少し派手なお披露目《ひろめ》とはなるけど、出し惜しみをしている場合でもないしね。

「ああ、そうだね。マーリン。今回については君の判断が全面的に正しい」

　そうして僕はニヤリと笑って剣神皇に向き直ったのだった。

☆★☆★☆★

「はは、本当に凄《すご》い子供ですね。その魔法剣の技量……レベル8まで扱うとは」

「貴方もとんでもないですよ。僕の魔法剣を軽々と捌《さば》いているのだから」

「まあ、これでも剣神皇ですからね。剣と冠するもので子供に後れを取るわけにもいかないでしょう？」

戦闘が始まって概《おおむ》ね数分。

様子見は終わっていて、大体の力量は互いに既に十分に把握している。

しかし……参ったね。

手を替え品を替え、色んなレベル8魔法剣を試した。

けれど、ことごとく完封されてしまっている。

オマケに純粋な近接戦闘では、逆立ちしたってかないそうにはない。

そして、静まり返った会場内。

貴賓席の魔術学会の重鎮たちが、うわ言のように何やら呟《つぶや》いているのが聞こえてきた。

「これ……は……なんという神童だ」

「いや、アレは神童どころの騒ぎではないぞ」

「当代最強の魔法剣士と呼ばれるクリスティンに迫るのではないか？」

「むしろ超えているという可能性すらあるぞ……？」

と、その時、剣神皇が僕に向けて残念だとばかりに、ため息混じりに言葉を投げかけてきた。

「しかし、惜しむべくはその剣術ですね」

「ええ、僕もそう思います」

「非常に高いレベルにあると言っても良いですが、その最高峰に達した魔法剣の技量に追い付いていません」

そこで、剣神皇は一気に間合いを詰めてきた。

そのまま——僕の刀を狙って剣を振り下ろしてきたんだ。

カキンと鳴ったのは刀と刀がぶつかる金属音。

そうして剣神皇の狙い通りに刀が向こうに飛ばされると同時、彼は一旦距離を取ってこちらに言い放ってきた。

「さあ、降参なさい」

「生憎《あいにく》、こちらにも負けられない事情はあります。降参は……できません」

「困りました。怪我《けが》はさせたくなかったのですが……。こちらとしても君相手には上手《うま》く手加減はできません。降参しないとなれば、骨の二、三本は覚悟してもらうしかないでしようね」

そのまま剣神皇は僕に向けて再度距離を詰めてきた。

そして先ほどのリピートのごとく、彼は剣を大上段から振り下ろしてきた。

そうして僕は……こうなっては仕方がないと覚悟を決め、ボソリと一言、こう呟いた。


「レベル８：物理障壁《マテリアルガード》」


剣神皇の剣を砂鉄を固めた鉄の壁で受ける。

「今更魔術師の真似《まね》事《ごと》ですか⁉　しかし、そのような付け焼刃は――」

魔法を切る技術で物理障壁が突破され、僕の頭に剣神皇の剣が迫りくる。

そうしてモロに直撃しそうになったその時――

「レベル８：空間転移《テレポート》」

「なっ――⁉」

少しだけ……そう、ほんの少しだったけれど。

だけど、確かに剣神皇の気配が動揺したのが見て取れた。

が、相手の百戦錬磨も伊達《だて》ではないようだ。

動揺には構わずに、やるべきことをやるべく――ほぼノータイムで背後を取った僕に向けて剣を繰り出してきた。

「レベル８：空間転移《テレポート》」

「――――っ⁉」

今度は明らかな動揺。

けれど、やはり再度背後を取った僕に向けて剣を繰り出してくる。

「レベル８：空間転移《テレポート》」

そうして、再度背後を取られた剣神皇は「たまらない」とばかりに跳躍して僕から距離を取った。

そのまま、彼は青ざめた顔でこう言ったんだ。

「何なんですかその速度は……その練度は……？　魔法剣の時よりもよほどスムーズな魔力の流れで――まさか……君は……？」

「ええ、お察しのとおりです。黙っていて……悪かったですね」

「しかし……本当に？」

僕はしばし押し黙る。

そして、軽く息を吸い込んでから言葉を続けた。

「僕は剣士でも魔法剣士でもなく――本職の魔術師なんです」

「そんな……馬鹿な……それで私とあそこまでやり合えたと言うのですか？」

「ええ、おかげで、自分の近接戦闘での未熟を痛感しましたよ」

　掌《てのひら》を天に向けて掲げ、剣神皇に雷撃を繰り出した。

「レベル８：雷神撃《トールハンマー》！」

　それで、剣神皇は例の魔法を切る技で、僕の雷神撃《トールハンマー》を防ぐことに成功したわけだ。

　続けざま、猛速度で都合七つの雷神撃《トールハンマー》を放ったが、やはり全てが切られてしまった。

「しかし、さすがですね……。その剣技、確かに武神……いえ、ブレイトを彷彿《ほうふつ》させます」

「……剣神皇と呼ばれる者としては、このまま完封させてもらいますと言うしかないでしょう」

　まあ、確かに剣神皇の言うとおりだ。

　このまま、馬鹿正直に雷神撃《トールハンマー》の連打を続けてもジリ貧だろう。

「ですが、貴方の魔法を切る技……一つ欠陥があるように僕には見えます」

「……欠陥？」

「貴方はマギアバースト以降に剣術を磨かれたということですよね？」

　その言葉で「まさか……」と剣神皇の表情に焦りの色が走った。

「恐らくはレベル9以上の魔法の存在を前提とせず、現在の最高ランクであるレベル8よりも下の魔法しか対処できない方向で……技を磨いたのでは？」

実際、魔法を切る技にも大なり小なりタメの時間は必要だ。

けれど、剣神皇のソレは僕の知るブレイトのソレよりもタメの時間は遥《はる》かに短いように見えた。

と、なれば……導き出される結論はただ一つだ。

かつての魔法適性のない僕が、高レベル枠の術式の練り上げに時間がかかることに見切りをつけ、レベル6～8枠の連打を旨としたように――。

――つまりは、剣神皇も必要のなくなったレベル9以上の対処を切り捨て、低レベル枠に最適化させた技を自ら練り上げたということ。

「しかし……それを見抜いたところでどうなると言うのでしょうか？　サーシャ様を除き、今の時代ではレベル9以上を扱える魔術師は存在しな――」

言葉の途中で剣神皇の目が大きく見開かれ、そしてその顔が青ざめていった。

「エフタル……君？　その術式……まさか……レベル……10？」

「剣術のご教授のお礼です。魔術の神髄をお見せしましょう」

すぐに剣神皇の顔は青ざめたものから、いつもの柔和な笑みへと変わる。

その表情には若干の諦観も混じっているように見えた。

どうやら、負けを受け入れる覚悟を決めたらしい。

「はは……この子は……どこまでも……とんでもない……」

同時に、貴賓席から悲鳴にも似たざわめきが聞こえてくる。

どうやら、魔法発動前にして、気づくことのできる連中は気づいたらしい。

「それでは剣神皇。この一手で終わりになると思います」

「ええ、確かに私にはその技は対処できません。魔術の神髄――この身にしかと焼き付けましょう」

と、その時――。

遠方の海から巨大な水柱が天に向けて上がるのが見えた。

続けざま、地鳴りと共に轟音《ごうおん》が会場内に響き渡る。

「何だ!?　何だ!?　どういうことだ!?」

「きゃ、きゃ……きゃああああああああああ！」

「巨人……!?　何だ……あのデカさは！」

確かに……デカいなんてものじゃないね。

なんせ、この距離があるのに……見上げるという表現が正しい感じに視認するしかないんだから。

「何故《なぜ》……巨神：ユミルが……こんな時期に？　まだ巨神の目覚めの時期では……巫女《みこ》を捧《ささ》げる日付は遠いはずで……」

呆然《ぼうぜん》と立ちすくむ剣神皇。

と、そこで闘技台の上にナオミが上って、こちらに向けて文字通りに駆けつけてきた。

「エフタル殿！　想定外です！　これでは……龍帝《りゅうてい》の一族が間に合いませんっ！」

「いや、間に合ったさ」

「しかし……龍帝たちがここに到着するのはエフタル殿たちが船に乗って帰るギリギリの時間になるのでは？」

「ああ、これは土公神皇《イターム》の昔からのやり口だからね。あの男が仕掛けてくるならこのタイミングしかないと僕は踏んでいた」

「……やり口？」

「物事の因果とやらに異常にこだわる奴《やつ》だからね。こういった節目のタイミングを大事にする奴なんだよ、アレは」

「だから――」と僕は小さく頷《うなず》いた。

「僕はそのために伝書鳩《でんしょばと》を大量に用意させたんだ。龍帝にわざわざ許可を取って世界各国から龍族を招集してもらう必要なんてない。僕は全員に直接連絡をしたんだ――スヴェトラーナの一族は、大体が僕と顔見知りだしね」

「つまり、どういうことなんでしょうか？」

「あれから九日……時間としては十分だ。ま、既に龍帝の一族はギャラリーとして全員があの中にいるってことさ」

パチリと僕が合図をすると同時、観客席から再度の悲鳴が響き渡った。

それはそうだろう。

なんせ、突然に会場内に巨大な龍が十も二十も現れ、天に向かって舞い上がったんだから。

そして会場内は大パニックに陥り、阿鼻叫喚《あびきょうかん》というような状態となった。

「さて……行くか」

僕の呼びかけにマーリンが応じ、貴賓席からサーシャが飛翔《ひしょう》魔法でこちらに飛んできた。

そうして龍たちが天を舞い、リヴァイアサンの迎撃に向かう中、その内の一体――つまりはスヴェトラーナだけが進路を海ではなく、こちらに向けて飛んでくるのが見えた。

「龍の背に乗って巨神退治……か。はは、まるでおとぎ話だね」

冗談交じりに僕がそう言ったところで、その場でただ愕然《がくぜん》としていた剣神皇が僕の肩にポンと掌を置いた。

「エフタル君……話は聞かせてもらっていましたが……君は……いや、貴方《あなた》は一体……何者なのですか？」

さて……どう答えたもんかなと考える。

しかし、まあ、ここで嘘《うそ》を言っても仕方がないだろう。

「俺はブレイトの昔のツレだ。ま、生まれ変わりと言っても信じてもらえないかもしれんがな」

と、そこでスヴェトラーナが闘技台の上に着地し、マーリンとサーシャが一足先にその背に飛び乗った。

「……龍帝ミハイルと……その眷属《けんぞく》ですよね？　そしてこの龍は……恐らくは龍姫スヴェトラーナ。私の知る限り、サーシャ様やマーリン学長と深い縁を持ち、彼らを動かせる人物は一人しかいない」

「ご名答ってところだな」

「それに、発動はしませんでしたが先ほどの魔法は間違いなくレベル10の雷撃でした。もはや……疑いの余地はないでしょう」

そうして、僕に信頼の眼差《まなざ》しを向けているナオミを見て、全てを察したとばかりに剣神皇は大きく頷いた。

「我が師……ブレイトが戻らず、未熟者なりに必死で空回りをしていましたが……まさか弟子が最適な回答を見つけているとはね。ともかく——どうやら、もう安心しても良さそうです」

　そのまま剣神皇は大きく大きく頭を下げて、言葉をこう続けた。

「未熟者の出る幕はなさそうですし……よろしくお願いいたします。雷神皇」

☆★☆★☆★

　その日——。

　ナルシス島には神話が溢《あふ》れた。

　体長一キロを超える巨神の先兵は百メートルオーバーのリヴァイアサンが都合十三体。

　港街の誰しもが、迫りくるリヴァイアサン——その地獄の光景を見て、死の縁で絶望した。

　ある者は、もう終わりだとその場に膝をつき。

ある者はただただ天を見上げ。

そして、ある者はひたすらに神に祈った。

神への祈りが通じたのかは定かではないが、誰もが絶望したそのさなか、突如として島全体が優しい光に包み込まれた。

それは四神――。

正確に言えば三神が作り出した光り輝く結界で、リヴァイアサンの海上からの侵入を阻むものだった。

そして、次々に島の空に龍が舞った、リヴァイアサンを迎え撃つは――龍帝の眷属だ。


――巨人と龍の戦い。


怪獣映画さながらのその光景に誰もが息を呑《の》み、そして誰しもが凄惨な光景に絶句した。

リヴァイアサンは一国の魔術師団に匹敵する力を持つ。

しかし、対する龍族は、もしも決起すれば大国を瞬く間に飲み込むとすら言われている。

龍族――彼らは旧《ふる》き盟約により、人種に対する不可侵を自身に課しているに過ぎない。

その気になれば、世界の勢力図を瞬時に変えるほどの勢力であり、その主力がこの島に集まっているわけだ。

そして、彼らが集まった理由は――

――やはり旧き縁《えにし》によるものであった。

龍のブレスが――。

龍の顎《あぎと》が――。

そして龍の爪が、巨人たちを焼き焦がし切り裂いていく。

リヴァイアサンが古代の魔導生物兵器であることは識者には公然の事実だが、龍もまた古代魔法文明の遺物という説がある。

――それは戦闘生物としての到達点にして、一つの完成形。

一説によると、その力を以《もっ》て古代魔法文明、その当時の管理から抜け出した者たちの末《まつ》裔《えい》とされる。

故に、所詮は管理され、遺物として――なすがままに残されるという選択肢しか持ちえなかったリヴァイアサンとは文字通り土台からして違う。

それは、負傷者は出たものの、死者はゼロという形で、龍たちがリヴァイアサンを完封した、その結果から明らかであろう。

そうして舞台は、近海上の龍の姫の背中へと移る。

「さて、あっちは問題ないようだな」

そうしてエフタルはスヴェトラーナの背に乗って、巨神の元へと向かったのだ。

サイド：エフタル

「いくら何でもデカすぎだろ……」

膝辺りまで海の中で、頭の先には雲がかかっている。

いや、雲って……山じゃねーんだからと、その圧巻の光景に俺は思わず息を呑《の》んでしまった。

四百年前も含めて、俺は色々と巨人も狩ったもんだが、さすがにこのサイズは初めてだ。

なんせ体長一キロだからな……。

動力源は高純度の魔力として、真面目に何を食って体形を維持しているのかは気になるところだ。

ま、そこは何でもありの古代魔法文明のことだ。

光合成&大気中の窒素やらを化合してタンパク質や脂質生成とかいう、トンデモかつ無《む》茶《ちゃ》な方法だったりするんだろうけどな。

「ってことで、頼りにしてるぜ師匠。少しで良いからあのデカブツの動きを止めてくれ。三聖獣の結界ではさすがにアレは止められん」

「面倒くさいオーダーじゃのう……まあ良い。レベル10：不死龍統合《イモータル・レプタイルズ》」

サーシャのオハコの冥界《めいかい》へと続く扉が空中に出現する。

ただし、今回はやたらと……扉がデカい。

数十メートルの規模の扉から、吐き出されるように骨と腐った肉で形成されるドラゴンが排出され続け、そして――

「なるほど、ドラゴンゾンビを合体させてゾンビウロボロスを作るとは……こいつはたまげたな」

俺の言葉の通り、それぞれが数十メートルのドラゴンゾンビがその場で集まり合体し、やがて巨神と同じクラスの大きさの巨大な蛇が形作られた。

いやはや、本当にサーシャはとんでもない。

と、いうのが俺の素直な感想だ。

しかし、こいつのオリジナルのレベル10とかレベル11のレパートリーはどれくらいあるんだろう……と、俺ですらも身震いしちまうな。


――そして始まったのは怪獣大決戦。


巨神の超ド級の巨体に、これまた超ド級サイズの蛇が絡みつき、その動きを止める。

「とはいえ、所詮はレベル10。あの蛇は見せかけだけの――コケ脅しじゃ。ま、動きを止めるのは持って数分というところじゃの」

　そこで巨神がこちらに視線を向け、大きく大きく息を吸い込んだ。

　魔力の流れを察知するに……こりゃ不味《まず》いなと俺は舌打ちをした。

「エフタルよ。奴《やつ》はこの周辺の大気中の魔力を根こそぎ吸い込んで、体内で錬成しておるぞ？」

「んなもん見りゃ分かる。こっちに向けて口から魔力砲撃をするつもりだ」

「で、どうする？　お主のレベル11：四皇《シコウ》でもなければ、アレは相殺できんと思うが？」

「切り札は最後までとっておくもんだろ？」

　とはいえ、相手の準備が整うのを待っているわけにもいかない。

　さて、どうするか……と思っていると、マーリンが掌《てのひら》を頭上に掲げた。

「エフタル様。露払いは……私とスヴェトラーナにお任せをっ！　レベル８：雷神撃《トールハンマー》！」

　右手に雷気を纏《まと》うマーリンは、続けて更に魔力を錬成させていく。

「レベル８：雷神撃《トールハンマー》、レベル８：雷神撃《トールハンマー》、レベル８：雷神撃《トールハンマー》！」

　四つのレベル８の同時発動。

　四肢に雷気を宿らせたマーリンは、そのまま……四つの雷気をまとめあげ、巨神の目に向けて雷《いかずち》を放った。

　そうしてスヴェトラーナが大きく息を吸い込んで――龍《りゅう》族特有の物理衝撃を伴うエネ

ルギーブレスに、自身のレベル8炎魔法を乗せ、やはり巨神の顔面に浴びせかける。

「ン――――オオオオ――――――！」


牛の鳴き声を一万倍にしたような……。

そんなゆっくりとした、けれど鼓膜が破れんばかりの巨大な悲鳴だった。

マーリンの雷撃で目つぶし。

そして、相手の視覚を一時的に奪ったところで、スヴェトラーナのブレスによる炎の右ストレートパンチってところか。

と、同時に巨神の魔力砲撃が行われたわけなんだが、スヴェトラーナの右ストレートで顔が明後日《あさって》の方向を向いて、照準は俺たちから大きくずれて飛んで行ったわけだ。

で、すっぽ抜けた魔力撃は遥《はる》か遠くの水平線の向こうに消えて行ったんだ。

そして、その刹那、向こうにキノコ雲があがったのを俺たちは確認した。

もしも直撃を受けていたら……と、ゾクリと背中に嫌な汗が走る。

「やはり、舐《な》めてかかって良い相手じゃねーな」

カチリと、頭の中で音が鳴る。

これは魔力適性の枷《かせ》を解き放った合図で、俺は全力全開――全身全霊を込めて最速で攻撃術式を紡ぎ始めた。

「レベル10：雷神皇《エフタル》！」

放たれたレベル10が巨神の右肩口に着弾。

雷撃は三十メートルほどの巨神の肉をえぐり取り、焼け焦げた巨大な肉片が海面へと落下していく。

「レベル10：雷神皇《エフタル》！」

今度は巨神の右太もも。

やはり雷撃は三十メートルほどの巨神の肉をえぐり取り、焼け焦げた巨大な肉片が海面へと落下していく。

「レベル10：雷神皇《エフタル》！」

続けざま、巨神の左ふくらはぎにレベル10が炸裂《さくれつ》する。

そして巨大な肉片が落下すると同時、両足の機能が低下した巨神はその場で膝をついた。

「レベル10：雷神皇《エフタル》！　レベル10：雷神皇《エフタル》！　レベル10：雷神皇《エフタル》！　レベル10：雷神皇《エフタル》！」

ゾンビウロボロスに巻き付かれ、サンドバッグの状態の巨神に向けて、好き放題に雷撃を打ち込んでいく。

無論、ゾンビウロボロスも同時に被弾しているが、どうせ使い捨ての召喚獣だ。

しかし、本当にどんな耐久力をしてやがんだこの巨神は。

すでに七発もレベル10を直撃させているが、仕留めるにはほど遠い程度のダメージしか受けてねーな。

こんだけの耐久性能をもった敵は、今まで出会ってきた敵の中では魔王しか俺は知らない。

「おいエフタル！　チンタラやっているではない！　ウロボロスの束縛もそろそろ限界じゃ！」

見ると、巨神も黙ってやられるつもりはないようだ。

ウロボロスの体を掴《つか》んで、今まさに引きちぎろうとして、両の腕《かいな》に力を込めているところだった。

「なら、こいつでしまいだ――」

俺は渾身《こんしん》の力を掌に込め、術式を練り上げるとともに巨神に向けて突き出した。

魔王級のタフネスを誇るなら――

――魔王を討滅したこの技ならどうよっ⁉

そうして俺は絶対的な破壊の力を持つ、その術式を発動させた。

「レベル11：四皇《シコウ》っ！」

放たれるのは——四属性のどれにも属さない純粋な魔力エネルギーの結晶体だ。

どてっぱらに魔力砲撃は吸い込まれ、巨神の肉を突き破り、そのまま水平線の彼方《かなた》へと消えていった。

その刹那、先ほどと同じく、やはり水平線の向こうからキノコ雲があがった。

そして——百メートル級の風穴を腹にこさえた巨神は——

——水柱と共に、ザッパーンと巨大な波音を立てて、真後ろに向けて倒れたのだった。

「流石《さすが》にこれで起き上がってくることはないだろう」

そうして俺は、スヴェトラーナに巨神が沈んだ場所に近づくように指示をしたんだ。

「……本当にどういうことなんだこれは？」

俺、サーシャ、そしてマーリンは同時に息を呑んだ。と、いうのも——

「巨神が……消えている？」

言葉の通り、海の中に沈んだはずの、その巨大すぎる姿は影も形もない。

それは……この島で出会ってきた全ての巨人がそうであるようにな。

エピローグ

会場に戻ると、てんやわんやの大騒ぎとなっていた。

「あの少年は一体なんだ!?」

「さきほどの剣神皇との一戦ではレベル8の連打……それに龍の背に乗って……」

「サーシャ様にマーリン学長……あの方々が化け物を討伐したのだろうが……その一団に少年……とは……」

口々に色んな人が色んなことを言っている。ま、ほとんど全員の視線が僕にくぎ付けとなっているのが現状だね。

いや、龍とか、他にも何故《なぜ》に巨神が現れたのかとかリヴァイアサンが現れたのかとか、そしてそれ等《ら》全てが何故に忽然《こつぜん》と消えたのだとか。

僕以外にも他に気になることもあるだろうに……。

これでは目立ってしまう……。

とか、まあ、もうそんなことを言っている場合ではないよね、と僕はクスリと笑った。

まあ、目立ってしまったものは仕方がない。

多少は面倒なことが増えるだろうけれど、それはそれだ。

どうせ、いつかは僕は僕として表舞台に出ることになっていたんだろうし。

そうして僕たちが闘技台の上に降り立つと同時、魔術学会の重鎮たちが駆け寄ってきたんだ。

早速面倒なことか……。

まずは質問攻めとかになるんだろうけど、どうやって対処したものか。

と、そんな呑気《のんき》なことを僕は考えていたんだけど――。

「いきなりかよ。土公神皇《イターム》」

「炎神皇《クリフ》を失ったことは痛手だが、良い感じに魔法適性の枷が外れているようじゃないか、雷神皇《エフタル》」

魔術学会の重鎮の誰よりも早く、闘技台に上がってきたのは、土公神皇《イターム》だった。

俺が最後に見たこいつの姿とはまた別で、それはやはり炎神皇《クリフ》と同様に異常に若い。

まあ、炎神皇《クリフ》は少年で、こいつは青年の姿という違いはあるが……な。

「……お前の狙いは何だ？」

「まあ、狙いは色々とあるんだけど――まずは君に見せたいものがある」

「見せたいもの？」

そうして土公神皇《イターム》が「おいで」と手招きすると同時、観客席から一人の……やたらと顔の整った子供が飛翔《ひしょう》魔法でこちらに飛んできた。

「……おい、土公神皇《イターム》……どういうことだ？　この子は……まさか……」

ああ、とばかりに土公神皇《イターム》は大きく頷《うなず》いた。

「炎神皇《クリフ》の妹であり、君の妻でもあるブリジットさ。それと――この島で君と対峙《たいじ》してきた巨人たちを消した張本人でもあるね」

「……どういうことなんだ？」

俺の問いかけには応じず、土公神皇《イターム》はブリジットに向けてニコリと優しい笑みを浮かべる。

「さあ、まずはご挨拶だよブリジット」

その言葉でブリジットはこちらに向き直り、小首を傾《かし》げる。

そして少しだけ不思議そうにこう言った。

「初めまして……なのかな？　まあいいや、初めまして――お兄ちゃん」

あとがき

おかげさまで6巻です。

あとがきにしてもそろそろ書くことが無くなってきました。

と、いうことで書籍化狙いの作者サイド以外には興味ないかもしれませんが、ネット小説からの書籍化の流れについて色々書いていこうかなと。

某サイトの書籍化打診の流れなのですが……。

まずはランキングに打ち上げて人気作品にします。

すると新着メッセージに送信者「運営」と赤字の差し出し人からメッセージが来ます。

同時に登録メールアドレスにも「運営」から同内容でメールが来ます。

そんでもって、出版社様から預かった文面を恐らくコピペしたものをそのまま受け取ります。

連絡先が書いてあるので、連絡するかどうかは自己判断でお願いしますね……と、そんな感じですね。

小説書籍化のみのお話もあれば、コミカライズもセットの場合もあります。それと、コミカライズのみの打診もあります。

ちなみに、運営様を通さずに外国語版とかの翻訳の打診とかも来たりしますが、外国のことは良く分からないので私は返信したことありません。

それと、非常にレアケースですがちゃんとした編集部様でも編集者様個人のアカウントで運営様を通さずにサイト内機能を使っての直接打診もあるようです。

書籍化・コミカライズ打診に慣れていない編集部様だと、そういうこともあるようです。が、慣れてるところからだと１００％運営を通して来ると思います（ルール上はそうなっているはずなので）。

なお、どの方法でも騙《かた》りの危険性は完全には排除できないと思いますので、会社の代表電話からの取次してもらうなど確認はちゃんとしておいたほうが良いと思います。

それで作者の方が気にするであろう書籍化打診連絡が来る時期ですが……。

記憶頼りで申し訳ないのですが、投稿を始めて5日～7日くらいが今までの最速で、最長で2か月～3か月くらいですかね。

2万字とか3万字でも平気で来ますが、10万字（書籍1巻分）くらいでお話のキリが良いところで動く会社さんも多いようです。

私の場合はどこから出すか決まったらすぐに書籍化決定と言っちゃうので、それをしなければ数か月過ぎても打診はちょこちょこあるような気配はします。

このあたりは作品や時代の流れにもよる部分が大きいでしょうけれど、ランキング初動で打診が来ない場合、その後伸びているか伸びていないかが重要なのかなと（伸びてても来ない場合もあるでしょう）。

あと、出版社様によっては社内調整済んでないから発表はちょっと待って的なのもあります。

と、読者様には非常にどうでも良いお話だったと思いますが、たまにはこんなのも良いのかなと。


っていうことで、恒例の宣伝タイムです（笑）

落第賢者《らくだいけんじゃ》のコミカライズと同じくマンガＵＰ！（今のところ、条件満たせば無料で見れるアプリです）様で連載中の「異世界帰《いせかいがえ》りの勇者《ゆうしゃ》が現代最強《げんだいさいきょう》！」という作品があります。

現代無双というジャンルなのですが、結構売れてます。

まさかの、さめだ小判《こばん》先生が作画担当ですので、この名前にピンと来た方は是非ともよろしくお願いいたします。

古き良き時代のラノベやアニメのような現代世界に異世界無双を投入したらどうなるか？　みたいな内容なので、スニーカー文庫の読者様であれば満足していただける可能性高いと思います。

それでは最後に謝辞です。

引き続き美麗イラストで飾っていただきました魚《うお》デニム先生！　ありがとうございます！

担当編集様……今回は特にご迷惑をおかけしてしまって誠に申し訳ございません。

そして、本当の本当に色んな対応ありがとうございました。

最後に何よりも読者の皆様。

おかげさまで6巻到達です。出せるかどうかは謎ですが、7巻でお会いできることを願っております。

続きを出せるかどうかは売り上げ次第ですので、ご友人等へオススメで口コミ協力していただければ感謝の極みでございます。

白石《しらいし》　新《あらた》

落第賢者《らくだいけんじや》の学院《がくいん》無双《むそう》6
～二度転生《にどてんせい》した最強賢者《さいきようけんじや》、400年後《ねんご》の世界《せかい》を魔剣《まけん》で無双《むそう》～

著　白石《しらいし》 新《あらた》

角川スニーカー文庫　22658

2021年6月1日　初版発行

発行者　青柳昌行

発　行　株式会社KADOKAWA
〒102-8177 東京都千代田区富士見2-13-3
電話　0570-002-301（ナビダイヤル）

印刷所　株式会社暁印刷
製本所　株式会社ビルディング・ブックセンター

Printed in Japan　ISBN 978-4-04-111298-4　C0193

★ご意見、ご感想をお送りください★

〒102-8177 東京都千代田区富士見 2-13-3
株式会社KADOKAWA　角川スニーカー文庫編集部気付
「白石 新」先生
「魚デニム」先生

角川文庫発刊に際して

角　川　源　義

第二次世界大戦の敗北は、軍事力の敗北であった以上に、私たちの若い文化力の敗退であった。私たちの文化が戦争に対して如何に無力であり、単なるあだ花に過ぎなかったかを、私たちは身を以て体験し痛感した。西洋近代文化の摂取にとって、明治以後八十年の歳月は決して短かすぎたとは言えない。にもかかわらず、近代文化の伝統を確立し、自由な批判と柔軟な良識に富む文化層として自らを形成することに私たちは失敗して来た。そしてこれは、各層への文化の普及滲透を任務とする出版人の責任でもあった。

一九四五年以来、私たちは再び振出しに戻り、第一歩から踏み出すことを余儀なくされた。これは大きな不幸ではあるが、反面、これまでの混沌・未熟・歪曲の中にあった我が国の文化に秩序と確たる基礎を齎らすためには絶好の機会でもある。角川書店は、このような祖国の文化的危機にあたり、微力をも顧みず再建の礎石たるべき抱負と決意とをもって出発したが、ここに創立以来の念願を果すべく角川文庫を発刊する。これまで刊行されたあらゆる全集叢書文庫類の長所と短所とを検討し、古今東西の不朽の典籍を、良心的編集のもとに、廉価に、そして書架にふさわしい美本として、多くのひとびとに提供しようとする。しかし私たちは徒らに百科全書的な知識のジレッタントを作ることを目的とせず、あくまで祖国の文化に秩序と再建への道を示し、この文庫を角川書店の栄ある事業として、今後永久に継続発展せしめ、学芸と教養との殿堂として大成せんことを期したい。多くの読書子の愛情ある忠言と支持とによって、この希望と抱負とを完遂せしめられんことを願う。

一九四九年五月三日